Indiana Jones™ Jr aux portes des Enfers

Megan Stine et H. William Stine

Indiana Jones™ Jr aux portes des Enfers

Traduit de l'américain par Jérôme Jacobs

Illustrations d'Erik Juszezak

HACHETTE
Jeunesse

SÉRIE *INDIANA JONES™ JR* DANS LA BIBLIOTHÈQUE VERTE

Indiana Jones Jr contre le roi Zed
Indiana Jones Jr et le masque de fer
Indiana Jones Jr et la princesse fugitive
Indiana Jones Jr et le tombeau du pharaon
Indiana Jones Jr et les chevaliers fantômes
Indiana Jones Jr et la croix de rubis
Indiana Jones Jr et le trésor de la plantation
Indiana Jones Jr contre les druides noirs
Indiana Jones Jr sur le *Titanic*
Indiana Jones Jr et l'ermite du Colorado
Indiana Jones Jr aux portes des Enfers

L'édition originale de cet ouvrage
a paru en langue anglaise chez Random House
sous le titre :

YOUNG INDIANA JONES AND THE JOURNEY TO THE UNDERWORLD

Hachette Livre, 24, Boulevard Saint-Michel, 75006 Paris.

1

« Cache-casse » au musée

« Ne touche pas à ça, malheureux... heureux... reux... eux... ! »

Dans l'immense galerie du *British Museum*, l'écho n'en finissait plus de résonner aux oreilles du jeune Indiana Jones. Pétrifié, il n'osait plus bouger. Une fois de plus, sa curiosité maladive lui avait joué un mauvais tour.

Telle une chape de plomb, la main géante du gardien vint se poser sur l'épaule d'Indy. Sous le coup de l'émotion, ce dernier faillit lâcher la précieuse coupe qu'il avait entrepris d'examiner quelques instants plus tôt.

« Repose ça tout de suite, jeune écervelé ! » ordonna le gardien d'une voix rauque.

On aurait cru le colosse de Rhodes égaré au XXe siècle. Ce géant devait peser au moins une tonne ! A coup sûr, Indy ne ferait pas le poids contre pareil titan...

Un filet de sueur glacée descendait lentement le long de la colonne vertébrale du jeune garçon. Certes, il s'était déjà trouvé en situation périlleuse auparavant, mais jamais en plein cœur du plus célèbre musée de Londres, la capitale britannique.

« Lâchez-le, Johnson ! fit une seconde voix, beaucoup plus claire que la première. Je m'en occupe. »

C'est un homme de belle prestance, vêtu d'un costume à fines rayures, qui venait d'apostropher ainsi le géant. Après avoir grommelé quelques paroles inintelligibles, Johnson retira sa main.

Non sans un certain soulagement, Indy entendit alors les talons ferrés du nouveau venu claquer sur le dallage de marbre. Il avait tout de suite reconnu la voix d'Éric Scythe, l'un des conservateurs du *British Museum.*

« C'est vous qui commandez, m'sieur Scythe, concéda le garde en reculant d'un pas. Mais moi, je me méfie toujours des Américains... »

En l'espace d'un instant, il avait perdu toute son assurance. Aussi le jeune garçon se retourna-t-il pour le narguer du regard. Mais il n'en reposa pas moins la coupe sur son piédestal.

Avec le plus grand soin.

« C'est le jeune Henry Jones, le fils d'un de mes anciens collègues d'université, expliqua Éric Scythe au gardien courroucé. Je lui ai donné la permission d'examiner tout ce qu'il voulait.

— Alors... », marmonna le gardien en levant les bras au ciel.

Avec un flegme bien britannique, le conservateur se contenta de hausser les épaules. Johnson s'inquiétait pour un rien. Le roi d'Angleterre pouvait dormir sur ses deux oreilles : aucune antiquité, quelle que soit sa valeur, ne courait de risque entre les mains de Henry Jones Jr.

Aucun risque.

Sur ces entrefaites, un homme essoufflé fit son entrée dans la galerie. Avec ses petites lunettes, sa barbe et ses cheveux châtain foncé — de la même couleur que les pièces de cuir cousues à hauteur de ses coudes —, on aurait cru un scout attardé.

« Que se passe-t-il ? Rien de cassé ? » demanda-t-il, la cravate en berne.

Toujours aussi calme, Éric Scythe entreprit de rassurer le professeur Jones.

« Henry, cher ami, ne vous tourmentez point. Votre fils... hum... s'initie aux merveilles de l'art. »

Dès que le gardien eut tourné les talons, Indy saisit de nouveau la coupe en or. C'était vraiment un objet magnifique : plusieurs portraits de dieux et de héros de la Grèce antique avaient été gravés dans le métal.

« Regarde, papa !

— Ma parole, mais c'est la coupe de Pietroasa ! s'exclama le professeur. La merveille des merveilles. Fais très attention, Junior. Elle a plus de 1 600 ans ! »

Implorant les dieux de l'Antiquité, Indy leva les yeux au ciel.

Nom d'une amphore, il avait quatorze ans !

Quatorze ans ! Il savait faire la différence entre un ballon de football et une coupe en or datant du IVe siècle ! Son père cesserait-il jamais de l'appeler Junior et de le prendre pour un enfant à peine sorti du berceau ?

Il n'eut pas le temps de rendre sa protestation publique. Car, justement, un enfant de cinq ans à peine venait de faire irruption dans la galerie.

Le bambin était vêtu d'un costume marin et flanqué de sa gouvernante. Les formes rebondies de cette dernière l'empêchaient de se déplacer aussi vite qu'elle l'aurait souhaité.

« Master Reggie ! Master Reggie ! Attendez-moi, attendez-moi ! »

Riant aux éclats, le chérubin aux cheveux blonds et bouclés se mit à zigzaguer entre les statues.

« On joue à cache-cache ! Attrapez-moi, Nanny, attrapez-moi ! »

Et il se mit à danser d'un pied sur l'autre, à virevolter, à bondir de droite et de gauche, avant de se rouler sur les dalles de marbre en poussant des cris suraigus.

Insensiblement, il s'était rapproché d'Indy, qui tenait toujours à la main la coupe de Pietroasa.

C'est alors que ce qui devait arriver... arriva.

Au terme d'une galipette particulièrement périlleuse, le petit galopin vint heurter Indy de plein fouet. Sous la violence du choc, ce dernier sentit son chapeau à larges bords s'envoler derrière lui. Au même moment, il perdit l'équilibre, vacilla sur un talon, et lâcha la coupe, qui atterrit bruyamment sur le dallage de marbre. Emporté vers l'arrière, Indy ne put éviter de renverser le piédestal.

S'ensuivit alors une catastrophe historique : le piédestal en question alla s'écraser lourdement sur la coupe millénaire, qui plia sous le poids.

L'écho du fracas vint déchirer le silence de mort qui s'était instauré dans la galerie. Conscient de la gravité du moment, personne n'osait plus respirer.

C'est la gouvernante anglaise qui recouvra ses esprits la première.

« Mon Dieu ! Mon Dieu ! Mais qu'est-ce que vous avez fait ? Qu'est-ce que vous avez fait ? s'exclama-t-elle.

— Qu'est-ce que *nous* avons fait ? ? ! ! ! répéta à son tour le professeur Jones, éberlué. M... mais m... madame, bégaya-t-il, vous v... vous rendez c... compte de ce qu'*il* a f... fait, *lui* ?

— Tout ce que je sais, répondit la gouvernante outragée en pointant le doigt vers Indy, c'est que ce jeune voyou a tenté d'assommer Master Reggie avec ce vase ! Oui, il a tenté de l'assommer. »

Elle gonflait la poitrine au risque de faire exploser son corset.

« C'est ce que je rapporterai à ses parents dès ce soir, ajouta-t-elle. Oui, c'est ce que je leur rapporterai. »

Et de relever le menton d'un air indigné.

Pour sa part, Indy était rouge jusqu'aux oreilles. Pourquoi avait-il fallu que cet envoyé du diable le bouscule pendant qu'il avait la précieuse coupe en main ? La partie de cache-cache avait tourné au « cache-casse »... et c'est lui qui allait payer les pots cassés ! Pourquoi fallait-il toujours qu'il se trouve au mauvais endroit, au mauvais moment ?

« Par sa maladresse, votre Reggie a détruit une antiquité d'une valeur inestimable ! hurlait le professeur Jones, le sourcil en bataille. Madame, je vous tiens pour responsable de cette catastrophe ! »

Mais, visiblement, il s'époumonait en vain.

« Il ne l'a pas fait exprès, protesta la gouvernante. Non, il ne l'a pas fait exprès. Allons, venez, Master Reggie. Allons, venez ! »

Dans le dos d'Indy, le filet de sueur congelée s'était transformé en stalactite. En apercevant le visage livide de son père, le jeune garçon se sentit encore plus mal à l'aise.

La coupe de Pietroasa ressemblait maintenant à une crêpe. Pourtant, lorsqu'il l'avait ramassée, Éric Scythe avait conservé son calme. Il ne semblait pas contrarié outre mesure par ce désastre.

Était-ce là l'expression ultime du flegme britannique ?

« Suivez-moi dans mon bureau, Henry, voulez-vous ? demanda-t-il au professeur Jones. Je voudrais vous parler. »

Sans mot dire, Indy accompagna Éric Scythe et son père jusqu'à l'intérieur d'un petit cabinet. De belles flammes dansaient joyeusement au cœur d'une vaste cheminée. Des tableaux de maîtres ornaient les murs tapissés de rouge.

Scythe alla s'asseoir derrière son bureau, recouvert de cuir vert, et fit signe à ses deux invités de prendre place en face de lui.

« Je ne sais que dire, Éric, s'excusa le professeur Jones, qui transpirait à grosses gouttes. C'est... une calamité sans pareille ! »

Scythe observa un long silence, comme s'il rassemblait ses pensées. Puis il répondit :

« Ce n'est pas si grave. »

Henry Jones et son fils ouvrirent des yeux ronds.

« P... pas si grave ? ! »

Scythe secoua la tête.

« Vous m'avez bien entendu, mes amis. En effet, il y a un détail que vous ignorez. Un détail d'importance que j'avais juré de garder secret. Hum... il s'agit là d'une confidence que je vous implore de ne pas ébruiter. »

La curiosité du professeur et de « Junior » était à son comble. Suspendus aux lèvres du conservateur, ils ne le quittaient pas des yeux.

« Eh bien, voici : prenez cette coupe, Henry. »

Avec dépit, le professeur Jones attrapa le chef-d'œuvre antique qui venait d'être saccagé par un gamin de cinq ans. Pour un peu, il en aurait pleuré.

« Regardez-la bien, Henry. »

Le malheureux ne supportait plus cette vision d'horreur. Pourquoi son vieil ami Éric le faisait-il souffrir à ce point ?

« Vous ne remarquez rien ? » insista le conservateur.

S'il ne remarquait rien ? Éric Scythe était-il tombé sur la tête ? Bien sûr que le professeur remarquait quelque chose. On aurait cru qu'un éléphant d'une tonne avait écrasé la précieuse relique !

Comme un silence pesant régnait dans le bureau, le conservateur prit son expression la plus grave pour déclarer :

« Eh bien, je vous annonce qu'il s'agit là d'une réplique de l'original. Hum... je m'étonne que vous ne vous en soyez pas aperçu, Henry... »

Le professeur Jones manqua s'étouffer.

« Une copie ? Par tous les saints du ciel, Éric ! Vous voulez dire que ce n'est pas la *véritable*, l'*authentique* coupe de Pietroasa qui a été détruite ?

— C'est bien ça. Voyez-vous, le musée en a fabriqué une copie lorsque la coupe lui a été prêtée, en 1867. »

Indy, qui éprouvait le même soulagement qu'un condamné à mort gracié au dernier moment, en déduisit avec son bon sens coutumier :

« Alors vous pouvez en faire une autre copie, non ? »

Mais à sa grande surprise, le visage d'Éric Scythe s'assombrit.

« Nous le pourrions... hum... »

La bouche sèche, Indy et son père s'arrêtèrent de nouveau de respirer. Qu'allait-il leur annoncer, maintenant ?

« Nous le pourrions, si l'original n'avait pas été... hum... volé.

— Dieu du ciel ! s'exclama Henry Jones. Volé ? »

Le conservateur du *British Museum* balança le poids de son corps vers l'arrière.

« Je vous en ai déjà trop dit... », gémit-il.

Avec ses lèvres pincées, on aurait dit un aristocrate de la bonne société anglaise qui vient de se brûler en buvant une tasse de thé trop chaud.

« ... Mais je ne peux plus supporter de garder un tel secret pour moi. Surtout maintenant. »

Et il enfonça une petite clé dans le tiroir de son bureau, d'où il sortit une enveloppe.

« Je compte sur votre discrétion, implora-t-il de nouveau.

— Bien entendu, fit le professeur. Motus et bouche cousue. »

Indy hocha la tête avec solennité.

« Promis, juré, croix de bois, croix de fer, si je mens, je vais en enfer ! »

Il ne croyait pas si bien dire... Mais il ne savait pas encore dans quel univers redoutable il allait être plongé.

« J'ai reçu cette lettre le 3 janvier 1914, il y a deux semaines, expliqua Éric Scythe. Elle m'a été envoyée par un ami roumain.

— Roumain ? s'étonna Indy.

— Évidemment, Junior, répondit le professeur Jones. C'est en Roumanie que la coupe de Pietroasa a été découverte. Il était donc naturel qu'elle demeure dans ce pays. »

Le conservateur rajusta ses lunettes.

« Tout juste. Mais figurez-vous qu'elle a été

dérobée en plein jour, dans le musée où elle était exposée. Et personne n'a vu le coupable ! »

Avec une expression d'effroi et d'inquiétude mêlés, le conservateur leva les yeux vers ses interlocuteurs.

« C'est une affaire extrêmement embarrassante pour mon collègue roumain. Il n'en a informé que moi et un autre de ses amis. Nous sommes maintenant cinq à être dans la confidence...

— Vous oubliez quelqu'un, commenta Indy. Le voleur lui-même.

— Tu veux dire Markos Kourou ? »

Le professeur et son fils échangèrent un regard médusé.

« Vous le connaissez ? demanda Indy, incrédule.

— Bien sûr ! répondit Scythe, comme s'il s'agissait d'une évidence. Il n'en est pas à son coup d'essai. C'est un Grec qui s'est spécialisé dans le vol d'antiquités précieuses. »

En proie à une nervosité grandissante, le professeur Jones se dandinait d'une fesse sur l'autre.

« Mais dans ce cas, Éric, pourquoi ne le faites-vous pas arrêter ?

— Arrêter Kourou ? » demanda Scythe, à croire qu'il n'y avait jamais pensé auparavant.

Un long silence s'ensuivit, durant lequel Indy songea qu'en Amérique, le sort de ce Markos Kourou aurait été réglé depuis longtemps ! Le shérif local l'aurait déjà mis sous les verrous...

Mais Éric Scythe se pencha en avant et plissa les yeux. A l'évidence, il avait encore des révélations à faire.

« J'aimerais bien savoir comment vous vous y prendriez pour arrêter un homme... hum... que personne n'a jamais vu... »

Indy eut un mouvement de recul.

« Alors là, monsieur Scythe, je ne comprends plus. Si vous ne savez pas à quoi ressemble ce... Markos Kourou, comment pouvez-vous être sûr que c'est lui qui a dérobé la coupe ?

— Quelqu'un se rappelle avoir aperçu ce jour-là la canne dont Kourou ne se sépare jamais, répondit Scythe. C'est une canne très facile à reconnaître : son pommeau en or représente la tête de Méduse. »

La tête de Méduse ?

Indy fronça les sourcils et plongea dans ses vagues souvenirs de mythologie grecque. Si sa mémoire était exacte, Méduse devait être l'une des trois Gorgones. D'un simple regard, ces monstres ailés au corps de femme et à la chevelure de serpents pouvaient changer en pierre celui qui les contemplait.

Rien qu'à cette idée, le jeune garçon frissonna.

Des serpents !

Les seules créatures au monde qui le terrifiaient...

« Croyez-moi, reprit Scythe, si nous pouvions mettre la main sur ce Markos Kourou, nous retrouverions la coupe de Pietroasa... et sans doute bien d'autres trésors. »

A la surprise générale, le professeur Jones frappa du poing sur la table avec une énergie inhabituelle.

« Eh bien, dans ce cas, il n'y a qu'une seule solution : aller débusquer ce voleur là où il se cache. Junior et moi-même allons donc nous rendre en Grèce ! »

Effaré, Indy se tourna vers son père. Depuis quand n'avait-il pas eu d'idée aussi éblouissante ?

Conscient d'avoir quelque peu dérogé à sa réserve coutumière, le professeur se racla la gorge, pour expliquer :

« Mon petit Junior, c'est en partie ta faute si la copie a été détruite. Nous avons donc le devoir de rechercher l'original. Et puis... je t'avais promis de petites vacances avant notre retour aux États-Unis, n'est-ce pas ? »

Indy était tellement ravi à la perspective de se rendre en Grèce qu'il ne songea même pas à rabrouer son père : pourtant, il détestait que celui-ci l'appelle « Junior ».

« J'irai consulter mon ancien professeur d'Oxford, Nigel Wolcott, qui réside maintenant à Athènes. Quel homme admirable ! C'est à mes yeux le plus grand spécialiste vivant des antiquités grecques et romaines. Nous reparlerons du bon vieux temps... »

Le nez d'Éric Scythe s'était allongé. Son ami venait de le vexer : en effet, le conservateur du *British Museum* se considérait lui-même comme le plus grand spécialiste des antiquités.

Cette réaction n'échappa nullement à l'astucieux Indy. Avec un clin d'œil complice, il lança au conservateur dépité :

« N'ayez crainte, monsieur Scythe. Pendant

que mon père sirotera de l'ouzo[1] avec son ancien professeur, moi, je mènerai l'enquête. Et foi d'Indy, je la retrouverai, votre antiquité ! »

Mais cet accès d'enthousiasme n'eut pas l'effet escompté. Au lieu de rassurer le conservateur, il ne fit que le froisser davantage. Ces sauvages d'outre-Atlantique auraient bien mérité d'être jetés dans les oubliettes de la Tour de Londres !

1. Anisette grecque.

2

Train d'enfer

Le nez à la fenêtre, Indy regardait, dans le lointain, les montagnes aux contours escarpés. Il ne serait pas mécontent d'arriver en gare d'Athènes. En effet, lui et son père avaient passé toute la nuit dans un compartiment bondé de troisième classe.

Heureusement, le soleil venait enfin de se lever sur ce paysage de Grèce, reverdi par les pluies hivernales. « Encore une heure dans ce train bringueballant, songea Indy, et nous serons à Athènes. »

Il regagna son compartiment et reprit sa place, en face de deux frères qui se ressemblaient comme deux gouttes d'eau, barbe de trois jours incluse. Dans les bras du premier, un poulet somnolait à l'intérieur d'une cage de bois. Sur les genoux du second, une guitare usée jusqu'à la corde nasillait au moindre cahot.

Intrigués par la curiosité manifeste d'Indy, les deux hommes adressèrent un sourire carié au jeune garçon. Celui-ci le leur rendit sans se faire prier. Moins les caries, bien sûr...

Bercé par le rythme du train, le professeur Jones se mit soudain à rêver à voix haute.

« Non... Orphée... non ! Pas par là ! *rrrron... rrrron...* ne te retourne pas, malheureux ! *rrron... rrrron...* »

Avec sa malice habituelle, Indy lui décocha un coup de coude. Son père n'allait tout de même pas dormir jusqu'à l'arrivée !

« Hein ? Quoi ? Comment ? Nous sommes à la gare ? bredouilla Henry Jones, les yeux encore tout ensommeillés.

— Tu rêvais à voix haute en public, papa, répondit Indy. Tu parlais d'un certain Orphée ! Mais d'ailleurs, qui est-ce ?

— Un mauvais point, Junior ! » déclara le professeur Jones d'un air narquois. Il savait pertinemment que son fils détestait ce sobriquet. « Ne me dis pas que tu as encore oublié qui était Orphée ! Je te l'ai expliqué au moins cent fois ! »

Indy se mit à siffloter d'un air absent.

« Bon, bon, fit alors le professeur, avec gourmandise. Il va falloir que je te raconte de nouveau son histoire. »

A l'évidence, cette perspective réjouissante l'avait ragaillardi. Il s'installa aussi confortablement que possible sur son banc de bois et entama son récit.

« Orphée était un beau jeune homme très doué

pour la musique. Un prince qui chantait magnifiquement et jouait d'un instrument à cordes appelé lyre. »

Indy jeta un coup d'œil sur la guitare en piteux état des deux frères, tout en se demandant si Orphée aurait pu en tirer le moindre son.

« Lorsque Orphée chantait, poursuivit le professeur Jones, les oiseaux s'arrêtaient de voler pour l'écouter et les dieux se mettaient à pleurer. Mais voilà qu'un beau jour, il tomba amoureux d'une ravissante jeune fille nommée Eurydice. Cet amour étant partagé, tous deux se marièrent. Malheureusement, leur bonheur ne dura pas longtemps : peu de temps après, Eurydice fut mordue par un serpent — morsure mortelle... »

Un frisson désagréable parcourut Indy de la tête aux pieds.

« Fallait-il absolument que ce soit un serpent, papa ? Je les déteste, tu le sais bien.

— Ce n'est pas moi qui ai inventé cette histoire, Junior. Elle est vieille de deux millénaires. »

A ce moment, un cahot plus violent que les autres projeta la guitare sur le sol. L'instrument fut brisé net, ce qui eut pour effet immédiat d'arracher de longs gémissements à son propriétaire.

Indy songea que les Grecs étaient gens bien émotifs ! Il ne s'agissait tout de même pas de la coupe de Pietroasa ! Tout à son récit, le professeur Jones ne prêta pour sa part aucune attention à l'incident.

« Orphée, le cœur brisé, décida alors de se

rendre aux Enfers pour supplier le dieu Pluton de laisser Eurydice revenir parmi les vivants. Bien sûr, il s'agissait là d'un voyage très dangereux ! »

Et le professeur se mit à mouliner des bras sous le regard effaré des autres voyageurs.

« Écoute ça, Junior : Orphée dut traverser le Styx. Pour y parvenir, il lui fallut faire appel au *nocher* des Enfers, Charon.

— Le... quoi ? interrogea Indy.

— Le *nocher*, répéta le professeur. Le passeur, si tu préfères. Seul Charon pouvait conduire Orphée en barque de l'autre côté du fleuve. Ensuite, le jeune prince fut confronté à un chien monstrueux : l'horrible Cerbère à trois têtes, qui gardait les Enfers. Pour terminer, il dut se présenter devant le seigneur des lieux, le dieu Pluton !

— Je suppose qu'avant lui, aucun être vivant n'était jamais revenu de ce monde souterrain..., commenta Indy.

— En effet, Junior, en effet... »

Indy grinça des dents. Si son père l'appelait encore une fois Junior, rien qu'une fois, il se promettait de sauter par la fenêtre du train.

« Mais grâce à son chant, reprit le professeur, Orphée réussit à charmer Cerbère et Pluton. Le dieu des Enfers lui dit alors qu'il pouvait reprendre sa femme, à une condition : Eurydice suivrait Orphée, mais ce dernier *ne devait à aucun prix se retourner pour la regarder* avant qu'ils ne soient tous deux revenus dans le monde des vivants.

— Je te parie qu'il s'est retourné avant d'y arriver, hein ? » glissa Indy.

Le professeur Jones hocha gravement la tête.

« En effet. Lorsqu'il a émergé dans le monde des vivants, Orphée a tendu l'oreille, mais il n'a pas entendu Eurydice. Alors, il a eu des doutes. Se trouvait-elle bien derrière lui ?

— Et il s'est retourné...

— Exactement. Eurydice se trouvait bien derrière lui, cependant elle n'était pas encore sortie des Enfers. Orphée l'a aperçue l'espace d'une seconde, et elle a de nouveau disparu. Pour l'éternité. Tu vois, fiston, Orphée a payé très cher sa désobéissance. »

Comme toutes les fois qu'il racontait ce récit, une larme venait de perler au coin de l'œil du professeur.

« C'est une histoire bien triste, n'est-ce pas, Junior ? »

Junior ? ! Il avait dit Junior ?

Henry Jones n'eut que le temps de voir son fils sauter par la fenêtre du train, sous les yeux des deux autres passagers du compartiment, proprement abasourdis.

Heureusement pour le jeune garçon, le train venait de s'immobiliser en gare d'Athènes. Il atterrit donc sur le quai sans dommage, mais non sans écraser quelques poulets...

Pour une journée de janvier, il régnait une tiédeur inhabituelle dans les rues de la capitale grecque. Aussi Indy ôta-t-il son manteau. Lui et son père avaient pris place dans une voiture à cheval.

Pendant tout le trajet, Indiana vit défiler avec plaisir les ruines de monuments vieux de plus de deux milliers d'années, et les échoppes colorées des artisans. Des tapis et des peaux de moutons étaient suspendus au soleil.

Un détail frappa sans tarder l'œil averti du jeune aventurier : tout le monde semblait avoir un chien, à Athènes !

Bientôt, le cocher immobilisa la voiture devant un mur blanchi à la chaux, derrière lequel on apercevait une grande maison en retrait de la rue. Les volets et les encadrements de fenêtre bleus se détachaient sur la blancheur des murs.

« Combien de drachmes avez-vous dit ? s'exclama le professeur, en entendant le cocher annoncer le prix de sa course. Vous en aurez la moitié, pas un lepton de plus ! »

L'instant d'après, les deux voyageurs harassés pénétraient dans le patio ensoleillé de Nigel Wolcott.

Couverture sur les genoux — pour se protéger de la fraîcheur matinale. Chapeau de paille sur la tête — pour se protéger des rayons du soleil. Foulard de soie autour du cou — pour préserver sa gorge. Oui, l'ancien professeur d'Oxford avait tout d'un vieux soldat de la guerre de Crimée ou de l'armée des Indes.

De ses yeux bleu pâle et larmoyants, il contempla les nouveaux venus.

« *By Jove !* Bénis soient le ciel et le roi George V ! Si ce n'est pas Henry Jones ? s'écria-t-il. Je n'en croyais pas mes pauvres yeux quand j'ai lu votre télégramme. Qu'est-ce qui vous amène, cher vieil ami ? »

Mais la réponse ne l'intéressait guère. Il cracha un noyau d'olive, qui vint se loger dans une anfractuosité du sol dallé — quelques années plus tard, il y pousserait sans doute un olivier !

« Et qui est ce beau *gentleman* ? demanda Wolcott en pointant un index noirci en direction de Junior.

— Je m'appelle Indiana, monsieur », répondit le beau jeune homme en question, quelque peu agacé par cet Anglais maniéré.

Il vit alors un sourcil broussailleux se hausser sous le chapeau de paille.

« Indiana ? En voilà un drôle de nom ! » se gaussa le Britannique.

Indy fronça le nez. Un drôle de nom ? Non, puisqu'il s'agissait de celui du chien qui était mort pour lui sauver la vie plusieurs années auparavant... Décidément, ce Nigel Wolcott lui hérissait le poil. Mais s'il constituait leur seule chance de jamais retrouver la coupe de Pietroasa, Indy s'en accommoderait.

« Venez vous asseoir et servez-vous un verre de limonade, lança le sexagénaire. Vous êtes en vacances par ici ? »

Le professeur Jones entreprit alors de lui expliquer le motif de leur visite, avec force détails. Mais au bout de dix minutes, il n'avait toujours pas abordé l'épisode du *Bristish Museum* !

N'y tenant plus, Indy interrompit son père et alla droit au but : il posa la question qui lui brûlait les lèvres depuis leur arrivée.

« Professeur Wolcott, connaissez-vous Markos Kourou ? »

De nouveau, le jeune garçon vit l'un des sourcils de Nigel Wolcott se dresser en ordre de bataille. Mais cette fois, les conséquences furent plus fâcheuses. En effet, à peine son sourcil fut-il retombé que l'Anglais saisit son verre de limonade et le jeta à la figure d'Indy !

Dégoulinant de liquide sucré, le jeune garçon contempla avec effroi l'étrange personnage qui lui faisait face. Dans quelle galère s'était-il embarqué ?

Désormais, Indy n'avait plus qu'une idée en tête : filer à l'anglaise !

3

Le messager

Avec une expression triomphante, Nigel Wolcott battit des mains.

« En plein dans le mille ! s'exclama-t-il. Ne t'inquiète pas, mon garçon. Elle ne reviendra pas te déranger de sitôt.

— Me déranger ? Mais qui me dérangeait ? interrogea Indy, chez qui la stupeur avait cédé la place à une fureur mal contenue.

— Cette araignée géante, bien sûr ! » répondit le professeur Wolcott en fixant l'animal.

Indy se retourna pour apercevoir la coupable, qui s'enfuyait à toutes pattes : il s'agissait en fait d'une bestiole microscopique, de la taille d'un bouton de chemise !

Si elle avait eu la grosseur d'une pièce de monnaie, Nigel Wolcott aurait sans doute assommé Indy avec une chaise sans l'ombre d'une hésitation...

« Je vous remercie, professeur. Sans vous, je ne sais pas si j'aurais survécu... », ironisa Indy.

Toutefois, en apercevant le regard noir que lui lançait son père, le jeune garçon fit mine de retrouver ses bonnes manières. Sur un ton mielleux, il demanda :

« Professeur Wolcott, auriez-vous la gentillesse de m'indiquer, s'il vous plaît, où se trouve la salle de bains, je vous prie ? »

Nullement dupe de l'impertinence de son fils, le professeur Jones toisa Indy de plus belle. Wolcott n'y vit que du feu.

« Bien sûr, mon garçon : sur la droite en entrant dans la maison », indiqua-t-il.

Et lorsque Indy se fut éloigné, il se pencha vers le professeur Jones et lui glissa sur le ton de la confidence :

« Henry, je vous félicite : vous avez parfaitement éduqué votre fils ! C'est un parfait *gentleman.* »

Indy poussa un soupir de soulagement. Enfin, il allait être seul un moment !

C'est l'occasion qu'il guettait depuis le départ de Londres. En effet, Éric Scythe, le conservateur du *British Museum,* avait remis au professeur Jones la lettre que lui avait adressée son collègue roumain. Celle où il lui annonçait le vol de la coupe de Pietroasa. Mais, naturellement, Henry Jones avait négligé de la faire lire à son fils. Un oubli que ce dernier tenait absolument à réparer : après tout, elle contenait peut-être un indice qui permettrait de localiser Markos Kourou.

Indy alla chercher la valise dans laquelle son père avait placé la lettre en question avant de s'enfermer dans le cabinet de toilette. Il commença par s'asperger le visage d'eau fraîche et reposa la cruche à côté de la cuvette en porcelaine.

Puis il sortit une chemise propre de la valise et ne tarda pas à dénicher la lettre. Sans perdre une seconde, il entreprit sa lecture.

« *Mon cher Éric,*

C'est avec une tristesse sans pareille que je vous annonce une terrible nouvelle... »

Indy sauta les passages qui ne contenaient pas d'informations nouvelles. Son attention fut rapidement attirée par le début du quatrième paragraphe.

« *Jusqu'à maintenant, je n'ai mentionné le vol à personne, pas même au directeur du musée. Mais à présent, j'ai décidé d'en informer un commissaire de police en qui j'ai toute confiance. Il s'appelle Ari Naxakis, et vit au n° 73 de la rue Leanidou, à Athènes. Il s'est juré de mettre la main sur ce bandit de Kourou : c'est pourquoi je veux le contacter.* »

La lettre était signée *Petrov.*

Désormais, Indy disposait de tous les éléments d'information dont il avait besoin. Une fois de plus, son père était allé frapper à la mauvaise porte. Ce n'était certainement pas l'excentrique Nigel Wolcott qui les aiderait à retrouver la précieuse coupe. En revanche, une visite chez le commissaire Naxakis s'imposait.

Le jeune aventurier décida de prendre l'affaire en main : les deux professeurs passeraient sans doute le plus clair de la journée à échanger leurs considérations savantes sur l'Antiquité. Avec un peu de chance, ils ne s'apercevraient même pas qu'Indy leur avait faussé compagnie.

Sitôt décidé, sitôt fait. Quelques secondes plus tard, le jeune garçon se glissait hors de la propriété de Nigel Wolcott. Ni vu ni connu.

Une fois dehors, les difficultés commencèrent. En effet, Indy ne parlait pas le grec moderne. Il connaissait l'alphabet, ce qui lui permettait de lire le nom des rues. Impossible, malheureusement, de demander son chemin.

C'est donc avec une certaine anxiété qu'il partit à l'assaut de la capitale grecque. Et il eut beau agiter sa lettre sous le nez des passants, dans l'espoir qu'ils reconnaîtraient l'adresse du commissaire, rien n'y fit : certains indiquaient une direction, aussitôt contredits par d'autres. La plupart du temps, ils haussaient les épaules pour faire comprendre à Indy qu'ils ne savaient pas.

Au bout de deux heures, le jeune garçon se sentit envahi par la fatigue. A force de tourner en rond, il était parvenu au coin d'une petite rue, où s'étirait paresseusement une rangée d'immeubles à un étage. Mais il n'avait nullement progressé dans ses recherches.

Le chapeau en berne, Indiana releva la tête pour déchiffrer la plaque sur laquelle figurait le nom de la rue où il se trouvait : et il n'en crut pas ses yeux. Il venait en effet d'apercevoir les lettres ΛΕΑΝΙΔΟΥ.

La rue Leanidou !

Devant le regard amusé des badauds, Indy se mit à danser de joie sur le pavé. Puis, sous les applaudissements, il se hâta vers le n° 73. Parvenu à destination, il frappa à la porte avec vigueur.

Pas de réponse.

Indy frappa de nouveau.

« Il y a quelqu'un ? » demanda-t-il.

Une voix bourrue se fit enfin entendre à l'intérieur. Une voix qui s'exprimait en grec.

Le jeune garçon se dit qu'on l'avait sans doute invité à entrer, aussi poussa-t-il la porte. Il pénétra dans une pièce vide dont le plafond était très bas, et qui ressemblait à une ancienne cuisine rustique. Une faible lumière perçait à travers la seule fenêtre.

D'un côté, Indy aperçut une petite cheminée, de l'autre une table en bois et deux chaises.

« Bonjour ? Il y a quelqu'un ? » demanda-t-il à nouveau, en avançant de quelques pas.

Comme on ne lui répondait toujours pas, il passa sous une arche en baissant la tête et entra dans la pièce voisine, qu'il crut d'abord déserte, elle aussi. Sur la droite, quelques chaises étaient rangées le long du mur. Sur la gauche, il y avait une tab...

Indy s'arrêta soudain de respirer. Ses yeux revinrent en arrière. Dans la pénombre, il avait aperçu quelque chose, ou plutôt quelqu'un.

Et ce quelqu'un tenait en main un objet métallique.

Le temps de s'habituer à l'obscurité, Indy découvrit qu'il s'agissait d'un homme d'une cinquantaine d'années installé dans un fauteuil roulant, et qu'il pointait un pistolet dans sa direction.

En apercevant son visiteur, l'homme parut surpris.

« Mais... tu n'es qu'un enfant ! » s'exclama-t-il en anglais, avec un fort accent grec.

Aussitôt, il baissa son arme.

« Qu'est-ce que tu fais ici ? Tu es américain, si je ne m'abuse ?

— Je cherche Ari Naxakis, répondit Indy d'un ton candide. Vous savez où il se trouve ? »

Un tressaillement passa sur la lèvre supérieure de l'infirme, surmontée d'une moustache grisonnante. De ses yeux noirs, il fixa Indy avec froideur. C'était un gros homme, dont la forte charpente s'accommodait mal de l'étroitesse d'un fauteuil roulant.

« Il est mort, répondit-il. Il a été assassiné d'une balle dans le dos.

— Oh, non ! ! ! »

Partagé entre l'effroi et la déception, Indy resta bouche bée plusieurs longues secondes.

Au bout d'un moment, l'homme demanda :

« Qui t'a envoyé le chercher ici ?

— Le conservateur d'un musée roumain, M. Petrov. »

En entendant ce nom, le Grec ouvrit des yeux ronds.

« Comment se fait-il que tu connaisses Petrov ? Et que t'a-t-il dit à mon sujet ? »

Indy sursauta.

« A *votre* sujet... ? ! Alors, vous êtes...

— Silence ! interrompit le Grec. Mon nom est personne. Je n'existe pas. »

Mais Indy n'était pas jeune homme à s'en laisser conter.

« Vous ne pouvez être qu'Ari Naxakis, insista-t-il en ôtant son chapeau. La seule personne à Athènes qui puisse m'aider. Il faut que vous m'aidiez ! »

L'homme fronça les sourcils. Néanmoins, il ne contredit pas son interlocuteur.

« Que je t'aide à quoi faire ? demanda-t-il simplement.

— A retrouver Markos Kourou. Il a volé une coupe d'une valeur inestimable au musée de M. Petrov. »

Le visage de Naxakis se ferma.

« Je ne peux rien faire pour toi. Je t'en ai déjà beaucoup trop dit. Mon garçon, suis ce conseil : abandonne tes recherches si tu tiens à la vie.

— Comment pouvez-vous m'encourager à abandonner, vous, un policier ? M. Petrov dit dans sa lettre que vous avez voué votre vie à la capture de Kourou. »

Naxakis secoua la tête avec dépit.

« J'*étais* policier. Aujourd'hui, je ne suis plus qu'un infirme, corrigea-t-il. J'ai commis l'erreur de m'approcher trop près de cette vermine de Kourou. Il a ordonné à l'un de ses hommes de me tirer une balle dans le dos. »

Il s'interrompit un court instant, comme si sa terrible blessure le faisait encore souffrir.

« Vois-tu, mon garçon, il ne respecte rien, pas plus les êtres humains que les objets d'art. Alors, écoute-moi et va-t'en. Fuis pendant qu'il en est encore temps ! »

Il marqua une pause lourde de signification, avant d'ajouter :

« Pendant que tu as encore des jambes pour courir... »

Mais Indy ne bougea pas. Au contraire, sa détermination redoubla d'intensité. Ce Kourou était un gros gibier, et le jeune aventurier ne rêvait que de l'inscrire à son tableau de chasse.

« Pourquoi restes-tu planté là ? s'impatienta Naxakis.

— Écoutez, voici ce que je vous propose : vous connaissez Kourou, pas moi. Mais... hum... j'ai des jambes, comme vous dites. En nous associant, nous pouvons le capturer, j'en ai la certitude ! Marché conclu ? »

Le policier éclata d'un rire douloureux.

« La tête et les jambes, hein ? Tu te crois assez malin pour dénicher un homme dont personne n'a jamais vu le visage ? Un homme qui m'a échappé pendant dix ans ? »

A ce moment, une voix mélodieuse lança :

« Si je le guide à travers les rues d'Athènes et que je traduis ses paroles, il y parviendra peut-être. Après tout, il a réussi à te traquer jusque dans ta cachette, papa... »

La voix appartenait à une jeune fille d'une vingtaine d'années, dont la longue chevelure était aussi noire que son châle. Au-dessus de pommettes saillantes, ses yeux brillaient dans la pénombre comme deux pépites.

« Élyse, reste en dehors de tout ça, ce serait beaucoup trop dangereux ! ordonna le policier. Et toi, mon garçon, ne regarde pas ma fille avec ces yeux de merlan frit ! Ou il t'en cuira...

— Dangereux, papa ? rétorqua Élyse d'un ton liquoreux. Je serais curieuse de savoir ce qu'il y a de dangereux à se promener dans les rues de notre belle cité. Dis-le-moi, je t'écoute. »

Ari Naxakis se racla la gorge avec embarras. Il ne résistait jamais à sa fille, son plus cher trésor. Et de toute façon, qu'aurait-il pu faire pour l'en empêcher, depuis son fauteuil d'infirme...

« Bon, bon, silence ! concéda-t-il. Mon garçon, commence par me dire comment tu t'y prendrais pour débusquer Kourou. Mais avant tout, dis-moi comment tu t'appelles, jeune étranger.

— Indiana Jones, répondit fièrement le garçon. Et pour répondre à votre première question, eh bien... je m'y prendrais exactement comme vous. Que feriez-vous, *vous*, monsieur Naxakis ? »

Un sourire complice éclaira le beau visage d'Élyse.

« Appelle-moi Ari », répondit le policier d'un ton bourru, avant de rengainer son arme.

Pour la première fois depuis l'arrivée d'Indy, son visage se détendit quelque peu.

« Ce que je ferais ? Hum... voyons... La coupe a été dérobée récemment. Les antiquaires d'Athènes viennent sans doute à peine de l'apprendre. Alors, je pense que j'irais me renseigner auprès d'eux.

— Lesquels ? » demanda aussitôt Indy.

Après avoir réfléchi quelques secondes, Naxakis se déplaça jusqu'à une table appuyée contre un mur. Il griffonna quelques adresses sur un morceau de papier. Puis, il le tendit à Indy, en lui adressant cette féroce mise en garde :

« Je te préviens, Indiana Jones : s'il arrive quoi que ce soit au moindre des cheveux de ma chère fille, je t'étranglerai de mes propres mains ! Et maintenant, hors d'ici ! »

Avant que Naxakis ne change d'avis, Indy se rua vers la porte, accompagné d'Élyse, que cette situation semblait amuser au plus haut point.

« Ton père est-il toujours aussi brutal ? demanda-t-il à la jeune fille.

— Oh ! il ne s'est pas montré brutal, répliqua-t-elle en relevant le menton. Tu devrais l'entendre quand il est vraiment en colère contre quelqu'un ! »

« Je vois... », pensa Indy en frissonnant.

A ce moment précis, un grand oiseau noir descendit du ciel en piqué pour venir se poser sur l'épaule du garçon.

« Oh, non, pas ça ! ! ! s'écria Élyse, en reculant d'un pas.

— Qu'est-ce qui te prend ? demanda Indy. Ce n'est qu'un oiseau... »

Le visage de la jeune Grecque avait revêtu une expression de frayeur. Les mains devant les yeux, elle répondit :

« Non, non. C'est bien pire. C'est un corbeau : un messager de la mort ! »

« Un messager de la mort ? » songea Indy, éberlué.

Décidément, les Grecs ne plaisantaient pas avec les animaux.

Chez Nigel Wolcott, il avait d'abord écopé d'un verre de limonade en pleine figure à cause d'une araignée microscopique. Et maintenant, un simple corbeau arrachait des cris d'horreur à la belle Grecque qui était censée le conduire jusqu'au dangereux criminel Markos Kourou.

L'odyssée d'Indiana Jones commençait sous de mauvais auspices ? Qu'à cela ne tienne ! Le jeune aventurier n'était pas superstitieux...

4

Indy médusé

Le corbeau s'était immobilisé sur l'épaule d'Indy, comme s'il posait pour une photographie.

Un sourire malicieux aux lèvres, le jeune garçon lança sur le ton de la plaisanterie :

« Ma parole, ton messager de la mort a l'air épuisé par sa course ! J'espère bien qu'il ne va pas s'endormir sur mon épaule... »

Contrariée par ces propos, la jeune Naxakis adopta une expression de reproche.

« En Grèce, nous prenons les dieux et les augures très au sérieux, expliqua-t-elle. Dans notre folklore, le corbeau symbolise la mort. C'est un mauvais présage, voilà tout. »

Elle marqua une pause, puis ajouta :

« Je ne sais pas si je dois t'accompagner... »

A en juger par le sérieux d'Élyse, elle ne plaisantait pas. Mieux valait faire amende honorable.

« Hum... je te demande pardon, fit Indy d'un air contrit. Je n'aurais pas dû me moquer.

— J'accepte tes excuses, répondit Élyse sèchement.

— Mais quels que soient les présages, reprit aussitôt Indy, je me suis fixé pour mission de retrouver Markos Kourou, et c'est ce que je vais faire, même si je suis poursuivi par des hordes d'oiseaux noirs. Or j'ai besoin de ton aide. »

Il la regarda droit dans les yeux.

« Alors, est-ce que je peux compter sur toi ? »

La jeune fille pesa les paroles d'Indy. Elle aussi avait un compte à régler avec ce criminel. Non, elle ne pouvait pas se dérober à son devoir. Quels que soient les risques encourus. Élyse s'approcha du garçon :

« Mon père, lui confia-t-elle, dit toujours que pour la tête, avoir peur et se montrer courageux, c'est la même chose. Mais pas pour le cœur. Et mon cœur me pousse à te venir en aide. Alors, je crois que je vais te suivre quand même. »

Aussitôt, d'une main ferme, elle délogea l'oiseau noir de son perchoir. Et lorsqu'il fut hors de vue, elle lança :

« En route, Indiana Jones ! Quant à toi, Markos Kourou, ta dernière heure est arrivée ! »

C'était faire preuve d'un optimisme hors de proportion. Néanmoins, Indy se garda bien de tempérer l'enthousiasme de sa jeune compagne.

Pour parvenir au quartier des antiquaires, ils

durent longer plusieurs pâtés de maisons jusqu'à *Plaka,* un quartier pittoresque et animé au pied de l'Acropole. Il leur fallut jouer des coudes pour se faufiler entre les étalages et les acheteurs qui marchandaient avec force cris et gesticulations.

A l'extrémité de *Plaka,* ils s'engagèrent dans un boyau étroit, plongé dans l'ombre, bordé de boutiques et de tavernes. Certaines marchandises étaient même exposées au rez-de-chaussée de maisons privées.

Indy suivit Élyse à l'intérieur de la première échoppe qui figurait sur la liste de Naxakis.

Leurs pas firent craquer le plancher mal astiqué. De prime abord, l'endroit n'offrait à l'œil que de vieilles poteries, ébréchées pour la plupart.

« Ça ne vaut pas les antiquaires anglais », murmura Indy avec un sourire en coin.

Quelques jours plus tôt, son père l'avait emmené visiter les deux plus célèbres salles des ventes de Londres. Indy y avait contemplé des objets d'art de grande valeur. Rien à voir avec ces vieux pots couverts de poussière !

Nullement découragée, Élyse discuta plusieurs minutes en grec avec le propriétaire. Mais au bout du compte, elle se tourna vers Indy en secouant la tête. Elle n'avait rien appris d'intéressant.

« Demande-lui s'il sait où se trouve Markos Kourou », risqua Indy.

Dès que le propriétaire eut entendu ce nom, il

s'enferma dans un mutisme obstiné, refusant catégoriquement de prononcer une autre parole.

Même réaction dans la boutique suivante, et dans celle d'après. Personne ne savait rien, personne ne pouvait les renseigner.

« Notre problème, c'est que tout le monde a entendu parler de lui, mais que personne ne sait à quoi il ressemble, commenta Indy. Et sans sa canne, impossible de le situer.

— Sans mon père, nous ne connaîtrions même pas cette information essentielle, rétorqua Élyse. Papa a été le seul à pouvoir faire parler les receleurs qui écoulent les trésors dérobés par ce criminel.

— Comment y est-il parvenu ? interrogea Indy, qui brûlait d'en apprendre davantage au sujet de cet étrange policier.

— Facile ! répondit Élyse. Mon père les a menacés de les dénoncer à la justice s'ils ne parlaient pas. Il a appris ainsi que Kourou ne se déplace jamais sans sa canne à tête de Méduse. Mais ses complices eux-mêmes ne savent pas à quoi il ressemble. »

« Facile... mais diablement courageux ! » pensa Indy.

« On dirait que ton père est un sacré policier ! commenta-t-il, admiratif.

— Absolument pas ! » rétorqua Élyse, piquée au vif.

Une fois encore, le jeune garçon sentit qu'il avait gaffé. Élyse bomba le torse et déclara avec emphase :

« C'est le *meilleur*. Rien de moins ! Et il l'a payé cher, le pauvre... »

Le regard de la jeune fille s'était assombri.

« Tu dois beaucoup l'aimer, hein ? » demanda Indy.

Émue jusqu'aux larmes, Élyse baissa les yeux.

« En effet, mais je ne peux plus supporter de le voir dans cette chaise, cela me fait trop de peine. Alors, je marche. Je marche pendant des heures. Mon père pense que je passe mes journées à étudier Athènes et ses trésors. Mais ce qu'il ignore, c'est que partout où je vais, je cherche une canne à tête de Méduse. » Les poings serrés, elle réprima un sanglot. « Et le jour où je la découvrirai, je tordrai le cou de ce monstre... »

Elle avait beau être frêle, Indy ne doutait pas une seconde de sa capacité à mettre son plan à exécution. Markos Kourou n'avait qu'à bien se tenir !

Retenant ses larmes, la jeune fille consulta de nouveau la liste dressée par son père.

« Il nous reste une adresse, mais c'est très loin d'ici. Tu veux que nous y allions, Indiana ?

— Nous n'avons pas le choix, répondit ce dernier. Nous ne pouvons négliger aucune piste. Seulement, auparavant, j'aimerais manger un morceau. L'après-midi est déjà bien avancé, et je n'ai rien avalé depuis ce matin ! »

La dernière boutique se trouvait dans un quartier très calme, bien loin du tohu-bohu de *Plaka*.

A peine Indy eut-il poussé la porte d'entrée qu'il se sentit en terrain familier. La musique d'un opéra célèbre venait d'inonder la rue.

A l'intérieur de la maison, une jeune femme un peu plus âgée qu'Élyse se balançait sur un fauteuil à bascule, au rythme de la musique qui provenait d'un vieux phonographe. Le pavillon et la manivelle de cuivre brillaient dans la pénombre. « On ne dirait pas une boutique, songea Indy. J'ai l'impression d'être à la maison ! » En effet, il avait reconnu cet opéra et ses airs mélodieux.

« C'est *Paillasse*, de Leoncavallo. Mon père aime beaucoup cet opéra. C'est l'histoire de Canio, un acteur jaloux de sa femme, qui... »

Mais un simple regard d'Élyse suffit à le rappeler à l'ordre : elle n'était pas venue là pour écouter une conférence sur l'opéra !

Sans s'étonner le moins du monde de voir ces étrangers pénétrer dans son salon, la maîtresse des lieux leva les yeux vers eux. Elle caressait la tête d'un gros chat roux qui ronronnait sur ses genoux.

« Tu es américain ? demanda-t-elle à Indy, en fixant son chapeau.

— Oui », répondit ce dernier avec fierté.

La jeune femme s'était exprimée dans un anglais parfait, sans le moindre accent. Il serait sans doute plus facile de communiquer avec elle, pensa le garçon.

Malheureusement, elle ne semblait pas disposée à dire quoi que ce soit d'autre. Elle ferma les yeux et se concentra de nouveau sur la musique.

« Allons-nous-en, chuchota Élyse. Je crois que ce n'est pas une boutique. »

Certes, il n'y avait rien à vendre dans ce salon de style anglais. Des rayonnages bourrés de livres couraient le long du mur de droite. Sur la gauche, la table était déjà mise pour l'heure du thé. A l'évidence, des invités de marque étaient attendus, car l'argenterie avait été polie.

« D'accord, allons-y », marmonna Indy à l'oreille d'Élyse.

Mais lorsqu'ils firent mine de quitter la pièce, la jeune femme souleva le bras du phonographe, interrompant le malheureux Canio au moment même où il plongeait un couteau dans le cœur de son épouse infidèle.

« Vous êtes perdus ? demanda-t-elle. Les seuls Américains qui passent par ici sont perdus. »

Elle possédait une voix douce et colorée — « parfaite pour l'opéra », estima Indy.

« En effet, il semblerait que nous ayons fait fausse route, expliqua Élyse avec embarras. Nous cherchions un magasin d'antiquités. »

La maîtresse des lieux lui répondit avec un sourire :

« Eh bien, dans ce cas, vous ne vous êtes pas trompés. Nous sommes bien antiquaires. »

La pâleur de son visage faisait ressortir l'éclat de son rouge à lèvres.

« Vous vous y entendez pour tromper l'ennemi ! fit remarquer Indy avec son insolence habituelle.

— Je te le concède, jeune homme. Mais

vois-tu, le propriétaire préfère entreposer les antiquités dans l'arrière-boutique : c'est plus sûr », expliqua-t-elle en se levant.

Mécontent de se retrouver par terre, le chat roux poussa un miaulement de protestation.

« Asseyez-vous donc un moment, dit la jeune femme en leur désignant deux chaises. Je m'appelle Kalitsa. Vous voulez boire quelque chose ? »

Pendant qu'elle préparait les rafraîchissements, Indy lorgna du côté du mur du fond : un rideau de fine étoffe brodée d'or semblait masquer un passage dérobé. « Et si la coupe se trouvait derrière ? » songea soudain le jeune garçon. Mais il se ravisa aussitôt. Non, ce serait trop inattendu !

Quelques instants plus tard, Kalitsa revint avec trois verres d'eau. En équilibre sur le bord de chacun des verres se trouvait une cuiller remplie de gelée noire.

« En Grèce, c'est notre façon de souhaiter la bienvenue aux visiteurs, expliqua Élyse qui avait perçu l'étonnement de son compagnon. Mange la gelée, tourne la cuiller dans le verre et bois l'eau. »

Indy imita les deux jeunes femmes sans se faire prier : cette gelée de prunes n'était pas désagréable !

« Je parie que vous êtes à la recherche d'un ouvrage rare, dit alors Kalitsa. Les Américains courent toujours après les livres.

— Non, en fait je cherche une coupe, répondit Indy. Elle est en or, et les silhouettes d'Orphée et d'autres personnages de la mythologie grecque ont été gravées dessus. »

Kalitsa réfléchit un moment, avant de secouer la tête.

« Je n'ai jamais vu pareille coupe. Elle n'est pas originaire de Grèce, n'est-ce pas ? »

Cachant mal sa surprise, Indy s'écria :

« Non, en effet. Mais comment pouvez-vous le savoir ? !

— Hum... disons que c'est mon métier. Chacun sait que les Grecs ne travaillaient pas beaucoup sur le métal », fit Kalitsa, comme si cette réponse allait de soi.

Et elle but une autre gorgée d'eau sucrée.

« Il y a quelques semaines, reprit Indy, la coupe en question se trouvait encore en Roumanie. Elle a été dérobée par Markos Kourou. »

Kalitsa fronça les sourcils en reposant son verre.

« Vraiment ? Dans ce cas, je suis désolée de ne pas pouvoir vous venir en aide. Vous devriez peut-être repasser d'ici une semaine. En ce moment, le propriétaire du magasin est en voyage. A son retour, il pourra sans doute vous renseigner mieux que moi. »

Indy hocha la tête et fit mine de se lever. C'est alors qu'un souffle d'air souleva un coin du rideau brodé d'or, au fond de la pièce. L'espace d'une seconde, Indy aperçut le couloir qui se trouvait derrière. Et du coin de l'œil, il surprit un objet familier qui reposait sur l'un des murs de ce corridor.

Un objet qui avait de quoi faire trembler sur ses jambes le plus courageux des héros.

Il s'agissait en effet d'une longue canne en bois d'ébène, munie d'un pommeau en or. Un pommeau qui représentait une tête de Méduse !

5

La comédie finit là

Indy se força à détourner les yeux du rideau.

S'agissait-il de la canne de Markos Kourou ? Et dans ce cas, pourquoi se trouvait-elle en ces lieux ? Kourou était-il dissimulé dans l'arrière-boutique ? Les épiait-il depuis leur arrivée ?

D'autres questions se bousculaient dans la tête d'Indy.

Si Kourou n'était pas là, reviendrait-il chercher sa canne ? Et surtout, pourquoi Kalitsa avait-elle agi comme si elle n'avait jamais entendu parler de lui ?

Indy s'efforça de conserver son calme. Il commença par se rasseoir, en essayant de paraître le plus naturel possible.

Puis il se mit à étudier discrètement le visage de Kalitsa : elle était maintenant en train de discuter en grec avec Élyse, tout en caressant son chat roux. Si elle était pressée de se débarrasser d'eux, elle cachait bien son jeu ! Et rien dans sa physionomie ou son comportement ne pouvait laisser supposer qu'elle mentait.

Alors, pourquoi la canne d'un criminel notoire se trouvait-elle dans son couloir ?

Kalitsa finit par se tourner vers Indy.

« Il paraît que tu es un policier en herbe, et que tu t'es donné une mission ? déclara-t-elle avec un sourire amusé.

— Hum... pas exactement. En fait, je voudrais devenir archéologue, corrigea Indy. Mais il est vrai que ces deux professions ont des points communs. »

La curiosité de la brune Kalitsa avait été piquée. Elle inclina la tête de côté, perplexe.

« Je ne comprends pas ce que tu veux dire.

— Eh bien, c'est simple ! plastronna Indy, quelque peu vexé de n'être pas pris davantage au sérieux. Quand je cherche quelque chose, il faut d'abord que je trouve une piste. Or, tout le monde laisse des traces, que ce soit un voleur ou... une civilisation, expliqua-t-il doctement. C'est pourquoi le policier et l'archéologue procèdent de la même manière. Vous comprenez, maintenant ? »

Kalitsa hocha la tête.

« Mon petit doigt me dit que tu vas réussir à trouver celui que tu cherches, jeune Américain », fit-elle alors d'un ton énigmatique.

Sans ajouter un mot, elle se leva, indiquant de la façon la plus élégante du monde à ses visiteurs que le moment était venu pour eux de prendre congé.

Une fois dehors, Indy se hâta vers le bout de la rue, tourna à gauche, puis encore à gauche et s'engagea dans une ruelle exiguë.

« Qu'est-ce que tu fais ? Où vas-tu ? s'étonna Élyse. Ce n'est pas notre chemin.

— Je sais », répondit simplement Indy.

Le jeune aventurier se retourna pour s'assurer que personne ne les avait suivis, avant de se diriger d'un pas décidé vers l'entrée de service du magasin de Kalitsa, celle qui s'ouvrait sur l'arrière-boutique.

« Il faut que je retourne à l'intérieur, murmura-t-il. Il est possible que Markos Kourou s'y trouve !

— Kourou ? » répéta Élyse.

Elle ne paraissait pas vraiment surprise, comme si elle considérait que leurs recherches ne pouvaient qu'être fructueuses.

Indy se demanda bien pourquoi la fille de Naxakis accordait foi à ses dires sans lui poser de question. Mais il en conclut qu'elle désirait ardemment que Kourou se trouve là. D'ailleurs, lorsqu'il mentionna la canne, le visage d'Élyse adopta une expression de haine farouche.

« Je vais avec toi ! s'écria-t-elle, au mépris de toute prudence.

— Sûrement pas ! objecta Indy. J'ai promis à ton père de te protéger du danger.

— Mais c'est peut-être de Kourou en personne qu'il s'agit ! » insista la jeune fille. Elle avait prononcé ce nom comme s'il s'agissait d'une malédiction.

« Indiana, oserais-tu lui cracher au visage ? demanda-t-elle avec solennité.

— Lui... cracher au visage ? Tu veux rire ! »

Élyse bomba le torse et releva le menton, les yeux injectés de colère.

« Voilà pourquoi il faut que je t'accompagne. Moi, j'en serai capable. »

Et c'est elle qui, la première, posa une main sur le loquet de la porte.

Au couinement produit par les gonds, Indy comprit qu'on ne s'était pas soucié d'y verser la moindre goutte d'huile depuis un siècle. Heureusement pour lui et pour Élyse, personne ne se trouvait dans l'arrière-boutique.

Il y flottait une odeur de moisissure et de bois vermoulu. Tout autour des deux intrus, des étagères croulaient sous les vases, les sculptures, les bustes et autres objets anciens.

A pas de loup, Indy gagna le fond de la pièce, qui donnait dans le corridor où il avait aperçu la canne de Kourou. Elle s'y trouvait toujours. Derrière le rideau brodé d'or, Kalitsa marchait de long en large.

Soudain, Indy vit la main d'Élyse s'avancer vers la canne. Il n'eut que le temps de la saisir par le poignet pour l'empêcher de la prendre. Dans le regard de la jeune Naxakis, il lut une fureur irrépressible. Mais il secoua la tête et lui intima silencieusement l'ordre de reculer.

Ce n'était pas la canne à pommeau d'or qui les intéressait. C'était Kourou lui-même — et la coupe de Pietroasa !

Sans faire de bruit, ils regagnèrent l'arrière-boutique et entreprirent d'examiner le contenu de chacune des étagères.

« Kourou a dû passer par ici, murmura Élyse, tremblant de rage.

— Oui, mais la coupe se trouve ailleurs, constata Indy. Nous ferions mieux de partir avant que Kalitsa ne nous repère. »

A ce moment-là, ils entendirent une voix d'homme. Elle provenait de la pièce qui donnait sur la rue. Quelqu'un venait d'entrer dans la boutique ! Et il parlait en grec avec Kalitsa...

« C'est Kourou ! chuchota Élyse. J'en suis sûre. Ce ne peut être que lui ! »

Le cœur d'Indy se mit à battre la chamade. Il commençait à croire de nouveau en sa bonne étoile...

« Reste près de la porte. Sois prête à t'enfuir en courant à mon signal », conseilla-t-il.

Puis il se glissa de nouveau dans l'étroit corridor, en direction du rideau.

Lorsqu'il fut parvenu au fond, il retint sa respiration. Il se tenait en effet si près du tissu que son souffle risquait à tout moment de faire vibrer la fine étoffe. Cependant il eut beau plisser et cligner des yeux, battre des paupières, se hisser sur la pointe des pieds, rien n'y fit : Kalitsa lui bouchait la vue et refusait obstinément de bouger. Impossible de voir à qui elle parlait.

Soudain, un cri aigu fit frémir le jeune garçon.

« MIIAAAOOUUU ! ! ! »

Le chat roux venait de se faire marcher sur la queue par le mystérieux visiteur. Il partit comme un bolide, en frôlant le rideau. Indy crut sa dernière heure arrivée.

Kalitsa finit par effectuer un quart de tour et avancer d'un pas. Son interlocuteur fit de même, continuant à se dérober au regard d'Indy.

De guerre lasse, le jeune garçon se décida à écarter délicatement le rideau, en priant les dieux de l'Antiquité que personne ne l'entende... Il fallait prendre le risque. Une telle occasion ne se représenterait sans doute pas de sitôt !

Malheureusement, la main droite d'Indiana effleura la canne à tête de Méduse, qui tomba par terre dans un vacarme épouvantable. Instinctivement, Indy pivota sur lui-même et s'élança vers la porte de derrière, entraînant Élyse dans son sillage.

Sans se concerter, les deux jeunes gens prirent leurs jambes à leur cou. C'est seulement une fois à l'extrémité de la ruelle qu'ils se retournèrent pour apercevoir leur poursuivant : un homme à forte carrure, avec une musculature de boxeur. Était-ce Markos Kourou ? Quoi qu'il en soit, il se rapprochait d'eux à vive allure, hurlant des menaces en grec.

Si c'était bien Kourou, songea le jeune garçon, il ne ressemblait en rien à ce qu'il avait imaginé. Cet homme athlétique, rasé de près, au visage anguleux, était plutôt beau garçon. Et sa crinière flottait sur ses épaules à chacune de ses enjambées.

Alors, pourquoi diable avait-il besoin d'une canne ?

Flanqué d'Élyse, Indy se dirigea vers une petite place. Plusieurs charrettes à bras y étaient garées, ployant sous des fruits, des légumes, des tapis ou des articles de cuir.

« Quoi qu'il arrive, continue de courir ! » cria Indy à l'adresse de la jeune fille.

Mais il aurait mieux fait de regarder devant lui, car il trébucha et vint s'écraser face contre terre sous l'une des charrettes. Et lorsqu'il voulut se relever, sa tête heurta violemment le plancher.

« Aïe ! ! ! » hurla-t-il.

Dans sa hâte, Indiana avait renversé le contenu de la charrette sur les pavés. Oranges, figues et citrons jonchaient maintenant le sol. Leur poursuivant arriva si vite qu'il n'eut pas le temps de s'arrêter. Il glissa sur les fruits éparpillés et s'étala de tout son long. Profitant de la déconfiture du Grec, Indy retourna vivement la charrette sur lui et s'enfuit à toutes jambes.

Il entendit alors Kourou — ou était-ce un de ses complices ? — lui lancer des insultes à l'unisson du marchand de fruits et légumes, qui jurait... comme un charretier.

« Élyse ! appela Indy.

— Indiana ! Par ici ! »

La voix de la jeune fille provenait de l'angle d'un bâtiment blanchi à la chaux. Elle lui fit signe de s'engager dans une ruelle étroite qui partait de la place, et, sans l'attendre, reprit sa course effrénée sur les pavés irréguliers.

Indy poussa un soupir de soulagement. Bientôt, ils seraient hors de portée de leur poursui-

vant. Au bout de la ruelle, avec un peu de chance, ils se retrouveraient dans une rue très fréquentée et se perdraient dans la foule.

Mais à mi-parcours, il s'arrêta net, figé par la peur. A l'autre extrémité de la petite rue, en effet, un cavalier monté sur un cheval blanc venait d'apparaître. Son regard glacé se posa sur le jeune Indiana.

« Non, s'écria ce dernier, c'est impossible ! »

Élyse s'était immobilisée, elle aussi, à quelques mètres devant lui. Et elle venait de faire le signe de la croix. Leur dernière heure était-elle arrivée ?

Avec ses éperons, le cavalier donna l'ordre à sa monture de partir au galop. Les sabots du cheval se mirent à marteler les pavés.

Ce n'est pas possible, se répéta Indy, ce n'est pas possible ! Ce qu'il voyait était en effet proprement surnaturel : car le cavalier en question n'était autre que l'homme à carrure de boxeur sur lequel il venait de renverser une charrette !

Indy n'avait nulle part où fuir, désormais, nulle part où se cacher. Il fit signe à Élyse de s'écarter et de s'abriter sur un pas de porte. Pour sa part, à l'endroit où il se trouvait, il n'avait aucune chance d'éviter l'animal lancé au triple galop. Il allait être piétiné à mort !

Serrant les dents, Indy attendit sans ciller que le cheval le roue de coups de sabots. C'est alors que les dernières paroles de Canio, dans *Paillasse*, lui revinrent en mémoire :

« La comédie finit là », murmura-t-il avant de fermer les yeux. Prêt à affronter son destin.

6

L'oracle

Non, décidément, c'était impossible. Ce Kourou était-il magicien ? Comment pouvait-il se trouver sous une charrette, et l'instant d'après sur un cheval blanc ?

Indiana songea qu'il voulait bien mourir, mais en comprenant au moins ce qui lui arrivait ! Or, la situation était loin d'être claire...

Une lueur de génie lui traversa soudain l'esprit. Il attrapa son chapeau et l'agita frénétiquement au-dessus de sa tête en poussant des hurlements à faire fuir un régiment de cavalerie. Puis il se mit à genoux et fit le gros dos.

Comme il l'avait espéré, le cheval blanc s'arrêta net, se cabra et projeta à terre le Grec à la crinière bouclée.

« Allons-y ! » cria Indy à l'adresse d'Élyse qui avait observé la scène avec effarement.

Et tous deux abandonnèrent l'homme et sa

monture qui gigotaient sur le pavé. Ils le savaient, il ne faudrait que quelques minutes à leur poursuivant pour reprendre ses esprits et se remettre en selle.

Ils parvinrent au bout de la ruelle et s'engagèrent dans une rue un peu plus large. Là, Indy aperçut au-dessus de lui un des sites les plus magnifiques de la capitale grecque : l'Acropole, la citadelle de l'ancienne Athènes.

Au sommet de cette colline sacrée se trouvait le temple de la déesse Athéna : le Parthénon, construit au ve siècle avant Jésus-Christ.

Pour l'heure, Indy ne se souciait guère de la valeur historique de cet endroit, ni de la beauté de son architecture. Ces ruines ne présentaient alors qu'un seul intérêt : elles étaient idéales pour se dissimuler — pourvu, bien sûr, que leur poursuivant leur laisse le temps d'y arriver.

Malheureusement, Indy et Élyse avaient négligé un détail. Un détail d'importance : la rue dans laquelle ils se trouvaient n'était autre... qu'une impasse. Et ils se dirigeaient tout droit vers un mur de pierres d'une hauteur de plus de deux mètres. Pris au piège !

« Et maintenant ? Que suis-je censé faire ? » se demanda Indy.

Il passa en courant à côté d'une charrette immobile, à laquelle était attelé un âne. L'espace d'un instant, il envisagea de la voler et de charger leur adversaire. Mais il ne tarda pas à avoir une bien meilleure idée.

A l'intérieur de la charrette, il avait aperçu un

long fouet. Vivement, il fit demi-tour et s'en empara. Aussitôt, il chercha une cible propice. Un arbre étendait ses branches non loin du mur : ce serait parfait.

Sous les yeux d'Élyse, qui ne disait mot, Indy recula de trois pas et partit en courant. A quelques pas de l'arbre, il déploya son fouet et parvint à l'enrouler sur une des plus hautes branches. L'instant d'après, agrippé au fouet, il fit un bond en avant et s'élança vers le sommet du mur en décrivant une courbe parfaite.

Une fois en haut, il appela Élyse.

« Viens vite, je vais t'aider à escalader le mur. »

Malheureusement, à ce moment précis, réapparut le cavalier sur son cheval blanc, chargeant droit devant lui, les yeux injectés de sang.

Indy se mit à genoux et se pencha vers l'avant pour attraper la main de son amie. Avec ses pieds et son autre main, elle parvint à rejoindre le jeune aventurier.

« Pas de chance, mon vieux ! lança Indy au Grec, qui écumait de rage. La prochaine fois, peut-être... »

L'homme marmonna des menaces bien vaines, car Indy et Élyse s'élançaient déjà vers l'Acropole.

Une fois parvenus au Parthénon, tout en haut de la colline sacrée, Indy se laissa choir sur l'une des trois marches du temple, à bout de souffle.

Élyse s'installa à côté de lui.

« Je te remercie, dit-elle. Mon père serait fier de toi.

— V... vraiment ? » s'étonna Indy.

Élyse hocha la tête.

« Oui, mais il t'étranglerait pour avoir exposé sa fille à pareil danger, ajouta-t-elle avec un sourire en coin. Alors, je ne lui dirai jamais combien tu as été courageux. »

Indy lui répondit par un clin d'œil complice. La perspective d'être livré à la vengeance d'Ari Naxakis n'avait rien qui l'enchantait. Il préférait de beaucoup rester allongé sur sa marche, à contempler la beauté de ce site unique, baigné par le soleil de l'après-midi.

« Tu sais où nous nous trouvons, n'est-ce pas ? demanda alors Élyse. Cette colline s'appelle l'Acropole. En grec, *Acropolis* signifie... »

Tout à sa contemplation, Indy ne l'écoutait déjà plus. Il connaissait parfaitement la signification d'*Acropolis.* La Grèce antique, c'était une de ses spécialités. Il avait étudié ce sujet à fond avec sa gouvernante anglaise, Miss Seymour.

Il savait qu'en ce lieu les Grecs avaient rebâti d'une façon grandiose, entre 461 et 429 avant Jésus-Christ, durant l'âge d'or de la Grèce, leur citadelle détruite. A l'origine, ils avaient choisi cet endroit à cause des nombreuses sources qui y prenaient naissance, et aussi parce qu'il était facile de repousser les attaques ennemies depuis ce promontoire naturel.

Mais toutes les leçons de Miss Seymour n'auraient pu remplacer ce voyage au cœur de l'Antiquité. Deux mille cinq cents ans plus tard, en contemplant ces ruines magnifiques abandonnées à l'éternité, Indy eut l'impression de comprendre pour la première fois de sa vie à quoi avait dû ressembler l'existence des premiers Athéniens.

« *Acropolis* signifie : ville haute », traduisit-il, interrompant Élyse.

Cette dernière lui adressa un sourire admiratif.

« Tu entends la voix des dieux, Indiana ? Tu les entends, qui te parlent depuis la nuit des temps ?

— Non, répondit Indy. Excepté la tienne, la seule voix que j'entende, pour l'instant, c'est celle de Miss Seymour — et elle est bien plus impressionnante que celle de Zeus, je t'assure !

— Miss Seymour ? » demanda Élyse.

Indy était trop absorbé par sa contemplation pour avoir entendu cette question. Élyse, qui commençait à s'habituer à l'impertinence malicieuse du jeune Américain, ne s'en offusqua pas.

Dans cette Athènes ensoleillée, le Parthénon était beaucoup plus beau qu'en photo. Indy ne s'étonnait plus, désormais, que Miss Seymour l'ait toujours considéré comme le plus bel édifice jamais construit.

Jadis couleur d'albâtre, ses quarante-six colonnes de marbre avaient quelque peu jauni au fil des siècles. Abîmées par le temps et par l'homme, elles avaient cependant conservé leur régularité d'origine. Étirées vers le soleil, elles semblaient vouloir toucher le ciel.

Après quelques minutes d'un repos bien mérité, les deux fugitifs échangèrent un regard :

tous deux avaient la même idée en tête. Leur aventure était loin d'être terminée.

« Au moins, nous savons maintenant à quoi ressemble Markos Kourou, avança Élyse.

— En es-tu sûre ? objecta Indy. Pour ma part, j'ai des doutes. Pourquoi un voleur aussi rusé nous pourchasserait-il en personne à travers les rues d'Athènes ? Pourquoi nous aurait-il révélé son identité si facilement ?

— Tu as raison, admit Élyse à contrecœur. Mais ce dont nous sommes certains, c'est qu'il s'est rendu dans la boutique de Kalitsa à un moment ou à un autre. Nous savons aussi que Kalitsa nous a menti lorsqu'elle a prétendu ne rien savoir de Kourou ni de la coupe de Pietroasa. »

Avant qu'Indy n'ait le temps de lui répondre, son attention fut attirée par un bruit familier. Un son qu'il aurait reconnu entre mille.

« Tap-tap. Tap-tap. »

Celui d'une canne sur le sol du Parthénon. Juste derrière lui.

Markos Kourou ?

Pris d'une frayeur subite, Indy se retourna d'un bond... pour se trouver nez à nez avec une vieille femme aux cheveux blancs. Le dos courbé, cette frêle créature prenait appui sur une canne en bois d'ébène. Avec sa robe et son fichu noirs, elle se découpait comme une ombre géante sur le ciel de la fin d'après-midi. Comme un oiseau noir de mauvais augure...

« D'où est-elle sortie ? s'étonna Indy en consultant Élyse du regard. Nous n'avons aperçu personne en arrivant.

— *Kalimera* », fit la vieille femme, à l'attention d'Élyse, en découvrant ses vilains chicots.

Elle était en train de déguster une pomme avec délectation.

Indy, qui apprenait rapidement les langues étrangères, avait déjà retenu quelques expressions. Il savait donc que la nouvelle venue avait dit « bonjour » à sa compagne.

Cette dernière, s'inclinant pour répondre, vit la femme s'approcher tout près d'Indy. Après s'être penchée, l'étrange vieille pinça la joue du garçon.

« Et bonjour à toi, mon petit *loukániko* », fit-elle en ricanant.

Puis elle mordit dans sa pomme. Une belle pomme bien rouge et bien luisante.

Quelque peu désarçonné par cette antique fée Carabosse, Indy se leva d'un bond, interrogeant de nouveau Élyse du regard.

« Elle m'a appelé comment ?

— Sa petite saucisse », répondit Élyse en pouffant.

La vieille femme se redressa autant qu'il lui était possible. Malgré ses efforts, son visage fripé au teint cireux n'arrivait qu'à hauteur de la poitrine du jeune garçon.

D'un doigt décharné, elle désigna l'un de ses yeux, puis l'autre.

« De mon œil gauche, je vois le passé, expliqua-t-elle en anglais, la voix grinçante. De mon œil droit, je vois l'avenir. »

Indy examina de plus près les petits yeux qui s'agitaient dans leurs orbites. L'un était brun, l'autre vert, et ils donnaient l'impression de se déplacer indépendamment l'un de l'autre !

« O.K. ! lança-t-il en souriant. Si vous pouvez voir le passé, dites-moi quelle note j'ai obtenu à ma dernière composition de latin. »

Cette fine plaisanterie lui valut de recevoir sur l'épaule un coup de canne bien assené.

Tournant la tête de côté, la vieille femme se mit alors à fixer Indy de son œil gauche. Cet œil en vrille semblait vouloir sonder le jeune garçon au plus profond de son âme.

« Tu es venu ici parce que tu cherches quelque chose, finit-elle par dire. Mais ta quête ne fait que commencer. »

De nouveau, elle enfonça ses chicots dans la chair blanche de la pomme.

Indy sentit la main d'Élyse se poser sur son bras.

« Continuez, fit cette dernière d'un ton pressant. Continuez, je vous en prie. » Et, à l'oreille de son compagnon, elle murmura :

« C'est une pythie, une prophétesse. Elle peut prédire l'avenir. Nous les respectons beaucoup, en Grèce.

— Ah, je comprends maintenant pourquoi elle déguste cette pomme », répondit le jeune garçon avec sagacité.

Perplexe, Élyse leva les yeux vers lui.

« Pourquoi donc ? demanda-t-elle.

— Eh bien, parce que la pythie vient en mangeant ! Ha ! Ha ! Ha ! »

La vieille prophétesse fronça les sourcils.

« Tu ne devrais pas tant rire, mon petit. Parce que je te vois avec une blessure à la tête », dit-elle avec un sérieux inébranlable.

Et sans prévenir, d'un simple coup de canne, elle fit s'envoler le chapeau d'Indy. Interloqué, il suivit la courbe gracieuse décrite par son couvre-chef qui tomba dans la poussière l'instant d'après.

D'un signe de tête, la vieille femme lui ordonna de s'agenouiller. Puis, de sa main osseuse, elle lui palpa le sommet du crâne. En quelques secondes, elle découvrit la bosse apparue lorsqu'Indy s'était cogné contre le fond de la charrette à bras. Cette pythie semblait connaître son affaire, c'était indéniable.

« Maintenant, pouvez-vous nous parler de l'avenir ? » demanda Élyse, visiblement conquise.

Ce fut au tour de l'œil droit de se poser sur Indy. Il riboula longuement dans son orbite, comme s'il avait besoin d'une mise au point... Mais à la grande déception d'Élyse, la prophétesse se refusa à dire quoi que ce soit.

« Vous devez bien voir quelque chose, n'est-ce pas ? insista-t-elle en posant une main sur le bras de la vieille femme.

— Oui, dites-le-nous donc », renchérit Indy, penché sur son chapeau.

Un ricanement sardonique accueillit cette requête.

« Pour le passé, c'est gratuit, croassa la prophétesse. Mais pour l'avenir, il vous en coûtera.

— Vous voulez quelques pièces ? répondit Indy redressant le buste. Eh bien, soit ! »

Mais il fut coupé dans son élan par un regard noir, un regard perçant qui n'augurait rien de bon.

« Je ne voulais pas parler d'argent... », rétorqua la vieille femme.

Elle semblait défier Indy de lui en demander plus. Or, comme le jeune garçon n'était pas du genre à refuser les défis, il ne se fit pas prier.

« Je vous écoute, répondit-il posément. Que voyez-vous ? »

L'antique fée Carabosse pointa son doigt parcheminé vers lui, ferma les yeux et, d'une voix sépulcrale, lui tint à peu près ce langage :

« Je te vois marcher au côté des dieux. Même si tu ne le souhaites pas, tu vas revivre la vie d'un héros. Mais attention !... »

Élyse la contemplait bouche bée, tremblante de peur.

« ... Tu vas aussi descendre... descendre... profondément... très profondément... dans les abysses du danger... et de la mort ! »

Si la perspective de prendre le thé avec les dieux de l'Olympe avait de quoi séduire l'archéologue en herbe, celle de se noyer dans la mer Égée ou dans le port du Pirée était tout bonnement effroyable ! Indy sentit un frisson glacé le parcourir de la tête aux pieds. Soudain, il n'était plus très sûr de savoir nager !

Il semblait désormais établi que le corbeau noir avait rempli son office. Oui, décidément, la situation ne faisait qu'empirer !

7

Acropolis, adieu !

« Tu parles d'une diseuse de bonne aventure ! s'écria Indy. Il s'agit plutôt d'une diseuse de *mésaventure...* »

La coupable avait déjà tourné les talons, quand Indy la rattrapa par la manche.

« Combien faut-il payer pour bénéficier de bons présages, dans ce pays ? » demanda-t-il.

Comme elle ne répondait rien, il grommela :

« D'abord, un corbeau noir, et maintenant la fée Carabosse ! C'est mon jour de chance... »

Heureusement pour lui, la « diseuse de mésaventure » n'avait jamais entendu parler de la fée Carabosse. Elle se contenta de lever vers lui une main qui sentait l'olive et le romarin. Une main décharnée qui ressemblait à un arbre malingre.

Des doigts difformes se mirent alors à lui effleurer le visage.

« Mon petit *loukániko*, murmura-t-elle, je ne voulais pas te le dire. Je ne voulais pas... t'effrayer.

— Mais vous ne m'avez rien dit du tout ! » protesta Indy.

Les lèvres pincées, la vieille femme se tourna vers Élyse.

« Je m'aperçois que je vous en ai déjà trop dit.

— S'il vous plaît, insista Élyse. Expliquez-nous ce que signifient vos visions. Vous ne pouvez pas vous en aller ainsi, je vous en supplie ! »

La vieille femme secoua la tête avec obstination.

« Cela ne changerait rien, mon enfant, répondit-elle. Lorsqu'il empruntera le chemin des dieux, une seule direction s'offrira à lui. Tous les héros le savent bien. »

La dernière chose au monde que désirait Indy, c'était accorder foi aux sombres prédictions de ce funeste oracle. Mais comment être sûr qu'elle ne disait pas la vérité ? Comment être sûr qu'il n'allait pas être convoqué avant l'heure par les dieux de l'Olympe pour son dernier banquet ?

« Il faut que je m'en aille », insista la vieille femme en grinçant des cordes vocales.

Avec une vigueur surprenante, elle repoussa Indy du bout de sa canne.

« Toi aussi, tu dois te mettre en route », ajouta-t-elle avant de s'éloigner en boitant.

Comme si elle craignait qu'il ne cherche à la suivre, elle se retourna en levant une main frêle. Mais ce faisant, elle trébucha sur le sol inégal. Sa canne lui échappa des mains.

Aussitôt, Indy se précipita pour la ramasser. Toutefois après l'avoir examinée de plus près, il haussa les sourcils : elle n'était pas légère, cette canne ! L'ébène massif brillait entre les mains du jeune garçon comme un diamant noir.

Mais ce qui attira surtout son attention, c'était le pommeau. Un pommeau en or !

Tout le temps qu'avait duré la conversation, il était resté dissimulé sous la manche de la vieille femme. C'est la raison pour laquelle Indy n'avait pas remarqué qu'il était magnifiquement ouvragé, comme celui de la canne de Markos Kourou !... A ceci près qu'il ne représentait pas une tête de Méduse avec sa chevelure de serpents, seulement un jeune homme muni d'une épée et d'un bouclier.

« Où avez-vous acheté cette canne ? » demanda Indy, au comble de l'excitation.

Il ne l'avait pas encore rendue à la prophétesse.

« Pourquoi veux-tu le savoir ? croassa-t-elle, en tendant une main osseuse vers son bien.

— Que se passe-t-il, Indiana ? » intervint Élyse.

Le jeune garçon se tourna vers elle, un large sourire aux lèvres.

« Enfin un bon présage ! s'exclama-t-il, rayonnant. Regarde : c'est le même genre de canne que celle de Kourou.

— Et sur le pommeau, oh !... ma parole... je n'en crois pas mes yeux ! renchérit Élyse. C'est Persée, le héros grec qui a tué Méduse ! »

Indy fit osciller la canne sous les yeux en vrille de la vieille femme. Ils tourneboulaient dans leurs orbites, telles deux toupies.

« Où avez-vous acheté cette canne ? répéta-t-il.

— Je... je ne sais plus, balbutia la vieille femme.

— ... Si vous la regardiez de l'œil gauche, vous vous en souviendriez peut-être ? » suggéra Indy, non sans impertinence.

Brutalement, la fée Carabosse lui arracha son précieux objet, avant de jeter :

« Le fabricant de cannes habite... hi ! hi ! hi ! hi !... près de l'eau. »

Près de l'eau ? De quelle eau voulait-elle parler ? Et pourquoi ce ricanement sinistre ?

« Où habite-t-il ? demanda Élyse. Donnez-nous l'adresse, je vous en prie ! »

A l'évidence, la vieille femme était impressionnée par l'émotion que manifestait Élyse. Dieu, que les Grecs étaient des gens sensibles ! constata Indy.

« Akti Koundourioti, chuchota-t-elle, sur le ton de la confidence. Ça se trouve au Pirée. L'homme en question s'appelle Charon. »

Et, sans une autre parole, elle s'éloigna en hâte, disparaissant bientôt sur le versant opposé de l'Acropole.

« Au Pirée ? répéta Indy. Ma parole, la situation ne fait qu'em... pirer ! »

« Tap-tap. Tap-tap... tap... », entendirent-ils encore pendant quelques secondes. Puis plus rien.

Très vite, Indy griffonna le nom et l'adresse du fabricant de cannes sur un morceau de papier.

« C'est le même homme qui a façonné ces deux

objets, marmonna-t-il entre ses dents. J'en mettrais ma main au feu.

— Si j'étais à ta place, Indiana, je me garderais d'utiliser ce genre d'expression, fit remarquer Élyse. Ton avenir semble déjà assez compromis. Et j'arrêterais aussi de faire toutes ces plaisanteries. N'éprouves-tu donc aucune peur ? »

Si, Indy avait peur. Mais son désir de retrouver la trace de Kourou l'emportait.

« Comme le dit toujours ton père, répondit-il doctement, entre avoir peur et se montrer courageux, la tête ne fait pas la différence. Mais le cœur, si. »

Élyse dut se contenter de cette réponse.

Le Parthénon étirait l'ombre de ses colonnes dans la lumière du crépuscule. Les reflets rougeoyants du ciel ensanglanté jetaient un voile inquiétant sur l'antique citadelle.

Pour la première fois depuis des heures, Indy songea à son père et à Nigel Wolcott. Tout à leurs discussions savantes, ils ne s'étaient sans doute pas encore aperçus de la disparition du jeune garçon. Néanmoins il se faisait tard, et Indy n'aurait pas le temps de se rendre au Pirée. Mieux valait donc regagner le domicile de l'ancien professeur d'Oxford.

« Élyse, je te remercie de ton aide. Mais après ce qui s'est passé aujourd'hui, je crois préférable que tu ne m'accompagnes pas demain. J'ai promis à ton père que...

— Tu n'es pas sérieux ? ! interrompit la jeune

fille. Comment t'imagines-tu trouver ton chemin jusqu'au port ? Il est hors de question que je ne vienne pas avec toi. Pour ce qui est de mon père, laisse-moi faire : je ne lui dirai rien de ce qui nous est arrivé. Je lui raconterai que nous avons passé une journée fort agréable et que tu m'as demandé si je pouvais te faire visiter les échoppes d'artisans demain matin... » Une expression malicieuse apparut sur son visage, dans la lumière irisée du soir. « ... Et je lui préparerai une *fasólada* pour le dîner. La soupe aux haricots, c'est ce qu'il préfère ! »

Indy haussa les épaules d'un air détaché.

« Comme tu veux. Je ne m'en mêle pas... »

Secrètement, il n'était pas mécontent que la jeune Élyse l'accompagne. Son courage lui inspirait même une certaine admiration.

Une fois parvenu au pied de l'Acropole, Indy regarda autour de lui. Ne les avait-on pas suivis ? Kourou ne se dissimulait-il pas derrière une colonne, dans la pénombre ?

Une petite voiture à cheval était parquée le long du mur qui ceignait l'Acropole, à quelques mètres de l'entrée de la citadelle. Ce « taxi » solitaire attendait les derniers visiteurs du Parthénon. En l'occurrence, Élyse et Indy.

« Prenons donc cette voiture, proposa le jeune garçon. Nous serons plus en sécurité. »

Tête baissée, le cheval blanc dégustait quelques brins d'herbe desséchée. Quant à son maître, vêtu d'une chemise à capuche, il semblait s'être assoupi. Il ne se retourna même pas quand les deux jeunes gens prirent place à bord de la voiture découverte.

Cependant, dès qu'ils furent assis, il se releva subitement. Tout d'abord, Indy n'aperçut que son fouet, qui venait de claquer sur l'encolure de la bête. Le cheval blanc s'ébranla, et c'est alors que la capuche de sa chemise tomba en arrière, révélant les cheveux et l'identité de son propriétaire.

« Oh, non ! Encore lui ! Ce n'est pas possible ! » s'écria Indy.

Et si, c'était possible : le Grec aux cheveux bouclés qui les avait poursuivis, celui qu'ils avaient surpris dans la boutique de Kalitsa croisait encore leur chemin ! Impossible qu'il s'agisse d'une coïncidence...

Aussitôt, Indy voulut se lever pour faire sauter Élyse hors de la voiture, mais le fouet vint s'enrouler violemment autour de son épaule, et il fut projeté sur le pavé. Sans perdre une seconde, le cocher fit de nouveau claquer son instrument diabolique, cette fois sur l'encolure du cheval, qui partit au triple galop.

« Indiana ! »

C'était la voix d'Élyse, terrorisée.

« Indiana ! Au secours ! »

L'horrible vérité vint alors frapper Indy au visage. De plein fouet.

Kourou avait fait enlever Élyse ! Il avait fait kidnapper la fille de Naxakis, son ennemi juré !

La vieille prophétesse avait raison. Dans cette aventure, la mort était au rendez-vous. Toutefois elle ne lui serait pas infligée par les dieux de l'Olympe. C'est le père d'Élyse qui s'en chargerait...

8

Coup de théâtre

Les rues d'Athènes avaient revêtu leur manteau de ténèbres lorsque Indy arriva devant l'immeuble d'Ari Naxakis.

Il frissonna et colla son nez à la fenêtre du n° 73. A l'intérieur, seule une faible lueur vacillait dans la pénombre.

Indy frappa à la porte. Mais, comme lors de sa première visite, le matin même, il n'y eut pas de réponse. Intrépide, le jeune garçon préféra l'audace à la politesse, pénétrant sans attendre dans l'antre du policier.

« Monsieur Naxakis, vous êtes là ? »

Toujours pas de réponse.

Bientôt, Indy aperçut une forme recroquevillée dans un coin du salon, à côté d'une petite table sur laquelle se trouvait une lampe à huile. C'était Ari Naxakis.

Il s'était endormi sur son fauteuil roulant, un livre ouvert sur les genoux.

« Monsieur Naxakis ? » appela de nouveau Indy.

Cette fois, l'ancien policier se réveilla. Ses grands yeux noirs vinrent se poser sur ceux du visiteur. Il lui fallut quelques secondes pour l'identifier, puis il demanda aussitôt :

« Où est Élyse ? »

Comme s'il pressentait une catastrophe.

« Euh... elle... hum..., balbutia Indy, soudain saisi de tremblements.

— Où est-elle ? » répéta Naxakis, un ton plus haut.

Comme Indy ne répondait toujours rien, il se mit à hurler :

« Où ? Où ? ? ?

— Elle... euh... elle a été... kidnappée... par K... Kourou... ou p... par un de ses z... zhommes. »

A l'annonce de cette terrible nouvelle, les traits de Naxakis se déformèrent sous le coup d'une intense douleur. La colère fit ensuite apparaître un rictus abominable sur son visage.

« KIDNAPÉE ! ! ! » aboya-t-il, en jetant son livre à la figure d'Indy.

De ses mains gigantesques, il propulsa son fauteuil roulant en direction du jeune garçon. Malheureusement, il déploya une force exagérée et se pencha trop loin en avant, ce qui eut pour effet de le déséquilibrer.

Avec un fracas retentissant, il s'écrasa sur le sol, pendant que son fauteuil repartait en arrière.

« Kourou ? Élyse ! Enlevée ! Je vais te tuer ! » lança-t-il à l'adresse d'un « Junior » pétrifié.

Pour une fois, il aurait bien voulu que son père soit dans les parages. Mais le professeur Jones n'était jamais là quand on avait besoin de lui !

Avec la puissance d'un titan, Naxakis se releva à la force des avant-bras et prit appui sur ses coudes. Là, il se mit à pousser des cris de bête sauvage, avec une férocité épouvantable.

Indy recula d'un pas.

« Je... je suis désolé, je... »

Naxakis ne l'entendait pas de cette oreille. Il avait maintenant entrepris de ramper sur le sol, traînant derrière lui ses jambes sans vie, à la seule force de ses bras musculeux.

« Je m'en vais te tuer de mes propres mains, tu m'entends ? menaça-t-il. Tu auras beau fuir, un jour, je te retrouverai et je te tuerai. »

Exténué, à bout de souffle, il s'affaissa sur le plancher.

Indy savait bien qu'il aurait pu ordonner à ses propres jambes de l'entraîner loin d'ici. Mais il ne le voulait pas.

« Je ne vais pas m'enfuir, répondit-il en s'efforçant de garder son calme. Si je suis venu ici en premier, c'est parce que je pensais qu'ensemble, nous pourrions faire quelque chose pour elle.

— Pourquoi ne l'as-tu pas arrêté ? Pourquoi ne l'as-tu pas empêché d'emmener ma chère petite fille ? » s'époumonait Naxakis, au bord des larmes.

Et il se rapprocha encore du jeune garçon.

« Vous pensez que je suis resté les bras ballants ? protesta Indy. Ne croyez-vous pas que j'ai essayé de l'arrêter ? »

Naxakis s'immobilisa, enfouit sa tête entre ses bras croisés et se mit à sangloter, face contre terre.

Il s'écoula plusieurs minutes avant que le silence ne règne à nouveau dans la maison. Indy avait récupéré le fauteuil roulant et avait aidé Naxakis à reprendre place dedans.

« Rentre chez toi », conseilla ce dernier.

Sa voix avait perdu de sa dureté. Désormais elle était emplie de tristesse.

« Ce n'est pas ta faute, mon garçon. C'est Kourou que je blâme. Personne ne peut le vaincre.

— Je ne vais pas baisser les bras, rétorqua Indy. Et vous ne le pouvez pas non plus. Pourquoi ne m'accompagnez-vous pas chez le professeur Wolcott ? C'est là que séjourne mon père. Peut-être que lui et son ami pourront nous aider.

— Nous aider ? » riposta Naxakis avec un rire méprisant. Et d'attraper Indy par le col de sa chemise. « Tu ne comprends donc rien ? Maintenant qu'Élyse est entre les mains de Markos Kourou, c'est comme si elle était descendue aux Enfers. Seul Orphée pourrait la ramener parmi nous ! »

Naxakis secouait Indy comme un olivier. Pour se dégager, l'adolescent dut presque y laisser sa chemise.

« Orphée ? »

Ce nom avait fait sursauter le jeune aventurier. La légende que lui avait racontée son père durant le voyage en train défila soudain dans sa mémoire. Mais que voulait dire Naxakis ? Indy-Orphée allait-il devoir descendre aux Enfers pour sauver Élyse-Eurydice ?

Était-ce la raison pour laquelle la vieille prophétesse lui avait prédit qu'il revivrait la vie d'un héros ? Qu'il emprunterait le chemin des dieux ? Indy avait peine à le croire. Et pourtant...

« Allons chez Nigel Wolcott ! lança-t-il en poussant la chaise de Naxakis vers la porte. En route, nous nous arrêterons au poste de police pour déclarer l'enlèvement d'Élyse.

— Cela ne servira à rien, commenta tristement Naxakis, le visage décomposé. Crois-moi, mon garçon : tu ne sais rien. Rien du tout. »

Indy ne l'entendait pas de cette oreille. Il referma la porte derrière eux et s'engagea d'un pas décidé sur la rue pavée qui menait... aux Enfers.

Le professeur Jones l'avait dit et répété à son fils : l'Enfer est pavé de bonnes intentions. Et l'intention d'Indy, c'était de tirer cette affaire au clair !

Des accords de piano emplissaient le silence de la nuit lorsque Indy et Naxakis parvinrent au domicile de Nigel Wolcott. Ce dernier était vêtu d'un smoking et d'une chemise à jabot.

« *By Jove,* Henry ! Ton fils prodigue est de retour », s'écria-t-il en ouvrant la porte.

Puis il se mit à battre des mains avec une joie sans mélange.

« Tu nous as causé quelque souci, jeune homme », gronda-t-il gentiment. Mais aussitôt, il se ravisa. « Enfin... hum... c'est-à-dire... quand nous nous sommes finalement aperçus de ta disparition... vers quatre heures de l'après-midi ! » Et il riboula des yeux avant d'ajouter :

« A l'heure de notre *five o'clock tea* ! Ha ! Ha ! Ha ! »

Au cas où Indy n'aurait pas immédiatement compris où le professeur Wolcott voulait en venir, ce dernier se fit un plaisir de le lui expliquer :

« Oui, vois-tu, je prends toujours, à quatre heures, mon thé de cinq heures.

— Vraiment ? fit Indy qui se souciait comme d'une guigne des habitudes alimentaires de ce personnage tout droit sorti d'un roman de Dickens.

— Ainsi, reprit Wolcott, imperturbable, je peux attaquer mon premier whisky à six heures au lieu de sept ! Tu comprends, mon garçon ? »

Visiblement très fier de lui, l'Anglais bomba le torse. Il n'avait encore prêté aucune attention à Ari Naxakis dans son fauteuil roulant lorsque le professeur Jones émergea du salon, les sourcils froncés.

« Junior, te voilà enfin, commenta-t-il, froissé par ce contretemps fâcheux. Nous t'attendions pour dîner. »

Le piano continuait d'égrener ses sonorités baroques.

« Papa, professeur Wolcott, je vous présente Ari Naxakis, annonça Indy sans se soucier de justifier son absence. C'est le policier qui recherche Kourou depuis dix ans. »

Les deux professeurs et Naxakis échangèrent un salut. A ce moment, Indy prit conscience que la musique avait cessé. Ce qu'il ignorait, c'est qu'une surprise de taille l'attendait.

9

Kou-roux ?

Les yeux écarquillés, il vit un gros chat roux sortir du salon et trotter dans sa direction. Parvenu devant Indy, l'animal se frotta en ronronnant contre ses chevilles.

Et quand l'adolescent releva les yeux, il aperçut une jeune femme, à l'entrée du salon. Une jeune femme qu'il aurait reconnue entre mille.

Kalitsa !

Le regard d'Indy alla de Kalitsa à Nigel Wolcott, puis de Wolcott à son père, et enfin de son père à Naxakis. Quelqu'un pouvait-il lui expliquer cette coïncidence pour le moins étrange ?

« Madame Tstouris, je vous présente mon fils, Henry Junior, dit le professeur Jones.

— J'avais cru comprendre qu'il s'appelait Indiana, commenta Kalitsa avec un sourire mutin, avant de ramasser son chat.

— Vous ? ! ! ! Mais que... qu'est-ce que vous fabriquez ici ? » bafouilla Indy.

Un regard sévère de son père lui fit comprendre que ses manières laissaient à désirer.

« Kalitsa est l'épouse d'un de mes très bons amis, expliqua Wolcott. Malheureusement, il n'a pu se joindre à nous ce soir. Comme c'est regrettable !... »

Indy n'en croyait pas ses oreilles.

« Vous... vous connaissez ? ajouta Wolcott, quelque peu surpris.

— En effet, Nigel, répondit Kalitsa en caressant son chat. Ce jeune homme est venu me rendre visite à la boutique, pas plus tard que cet après-midi. Dis-moi, Indiana, qu'est-il donc advenu de ton amie ?

— Ma fille a été enlevée », répondit Naxakis, des larmes de rage emplissant ses yeux.

Kalitsa porta les mains à son visage.

« Enlevée ? ! Mais c'est épouvantable ! s'exclama-t-elle.

— Enlevée ? ! répéta le professeur Jones.

— Enlevée... », murmura Wolcott.

Vexé qu'on ne lui accorde plus toute l'attention qu'il méritait, le chat de Kalitsa sauta par terre et s'éloigna en miaulant.

« Nous soupçonnons Markos Kourou, précisa Indy. Si j'ai demandé à M. Naxakis de m'accompagner, c'est dans l'espoir que nous pourrions lui venir en aide. Nous devons faire tout notre possible pour retrouver Élyse.

— Eh bien, pour commencer, cher monsieur

Naxakis, je vous suggère de vous joindre à nous pour le dîner, offrit le professeur Wolcott. Vous n'avez sans doute pas beaucoup d'appétit, mais... il faut manger. »

Laissant les trois autres gagner la salle à manger, Indiana retint son père par la manche.

« Papa, tu crois possible de revivre la légende d'Orphée ? lui glissa-t-il à l'oreille.

— Mais bien sûr, Junior. Je la revis fréquemment moi-même, répondit le professeur en souriant.

— Ah oui ? fit Indy, interloqué.

— Mais oui, Junior. Je la revis... dans ma tête. »

Indy leva les yeux au ciel. Parfois, l'extravagance de son père était bien difficile à supporter. Il baissa encore la voix d'un ton et se fit plus précis.

« Je veux dire... dans la réalité, papa.

— Dans la réalité ? »

Le professeur Jones éclata de rire.

« Ma parole, Junior, tu es tombé sur la tête. »

Devant tant d'incompréhension, Indy se contenta de caresser la bosse qui ornait le sommet de son crâne, et suivit son père dans la salle à manger.

Indy n'avait guère plus d'appétit qu'Ari Naxakis. L'enlèvement d'Élyse, sous ses yeux, l'avait bouleversé. Il goûta à peine les plats excellents qui lui étaient proposés — feuilles de vigne farcies, navarin d'agneau et moussaka, le tout servi dans des assiettes de porcelaine de Chine.

Et lorsqu'on lui présenta une coupe à fruits bleue remplie de figues, il en attrapa une, mais elle lui resta en travers de la gorge. Il ne parvenait pas à se concentrer sur sa nourriture. Tout ce qu'il souhaitait, c'était en apprendre davantage sur le mystérieux visiteur de Kalitsa.

« C'était un client, expliqua cette dernière, à laquelle le garçon avait fini par raconter l'incident survenu après leur visite. Quand il a entendu du bruit dans l'arrière-boutique, il a cru qu'un voleur s'y était introduit. Et comme j'étais seule, il a voulu me protéger.

— Pourquoi diable êtes-vous revenus par la porte de derrière ? demanda le professeur Jones, fort courroucé par les excentricités de son fils. N'aurait-il pas été plus simple de passer par l'entrée... comme tout le monde ?

— Je voulais jeter un coup d'œil sur une canne, cachée derrière le rideau. Une canne à tête de Méduse. Savez-vous à qui elle appartient, Kalitsa ? »

L'attention de son père avait été attirée par ce détail, tandis que Wolcott continuait de manger son dessert comme si de rien n'était.

« C'est un client qui l'a oubliée voici quelques semaines, répondit Kalitsa.

— Connaissez-vous son nom ? demanda encore Indy.

— Non, je l'ignore. Puisqu'il n'est pas revenu, j'en ai conclu qu'il ne devait pas attacher beaucoup d'importance à cet objet.

— Détrompez-vous, madame Tstouris, intervint Naxakis. Cet objet lui tient beaucoup au cœur. »

A cet instant, Nigel Wolcott leva le nez de son assiette.

« Dites-nous à quoi il ressemblait, chère petite Kalitsa. Tout ceci est fort excitant. »

Kalitsa ferma les yeux et puisa dans ses souvenirs.

« Il avait une quarantaine d'années, des cheveux blond-roux, très fins. J'ai remarqué une balafre sur sa joue, et je crois me rappeler qu'il boitillait. C'est pourquoi j'ai été surprise qu'il ne revienne pas chercher sa canne.

— Markos Kourou ! s'écria Naxakis, les yeux fiévreux. Ah ! Ah ! Enfin, quelqu'un a vu son visage ! Tout le monde commet des erreurs, même le plus rusé des criminels ! »

Pour intéressante que soit cette description, ce n'est pas Kourou qui intéressait en priorité Indy. Il voulait en savoir davantage sur le mystérieux client qui les avait poursuivis dans les rues d'Athènes, lui et la malheureuse Élyse. S'il parvenait à l'identifier, ce dernier le conduirait peut-être jusqu'à son « patron ».

« Parlez-nous un peu plus de l'homme qui nous a pris en chasse, interrompit Indy. Parce que c'est lui qui a enlevé Élyse !

— Impossible ! s'écria Kalitsa.

— Au contraire, corrigea Indy. C'est tout à fait possible. Mais cet homme ne ressemblait en rien à Markos Kourou : il avait des cheveux foncés et bouclés. »

Soudain, un éclair apparut dans le regard de Kalitsa.

« Je me souviens d'un détail qui a peut-être son importance », déclara-t-elle.

Quatre paires d'yeux étaient tournées vers elle, dans l'attente d'une révélation capitale.

« Il m'a dit qu'il habitait un petit village, dans la montagne, à une quinzaine de kilomètres au nord d'Athènes. »

Naxakis fut le premier à saisir la portée de cette information.

« Il faut que tu t'y rendes dès demain matin, mon garçon, ordonna-t-il à Indy. C'est sans doute là que tu trouveras Kourou et ma chère Élyse. »

Indy se montra moins enthousiaste. Par nature, il se méfiait des pistes trop évidentes et des informations qui tombaient du ciel. N'était-on pas en train de lui tendre un piège ? N'allait-il pas faire le jeu de Kourou en se rendant au domicile de ce mystérieux homme de main ?

Qui ne risque rien n'a rien, répétait à l'envi le professeur Jones avant chacune de ses expéditions... dans les bibliothèques poussiéreuses du monde entier ! Eh bien, puisque aucune autre piste ne se présentait à lui, l'intrépide adolescent allait mettre ces propos en pratique. Tant pis s'il risquait sa vie.

Indiana avait promis à Naxakis de tout faire pour retrouver Élyse. Le moment était venu pour lui de tenir parole.

10

Impair et passe

A la première heure, le lendemain matin, Indy se précipita dans la salle à manger. Les rayons du soleil commençaient à percer à travers les persiennes. Déjà, le professeur Jones était plongé dans un ouvrage d'archéologie.

« Papa, qui est Charon ? demanda Indy, au comble de l'excitation.

— Charon ? » répéta son père.

Après avoir glissé le signet entre les pages qu'il était en train de parcourir, il referma son livre, prit sa tasse de thé et en avala une gorgée, pensivement.

Pourquoi fallait-il toujours, lorsque les pensées d'Indy s'accéléraient, que celles de son père ralentissent de moitié ?

« Je me préparais à partir sur la piste de Kourou, dans la montagne, lorsque j'ai retrouvé ce morceau de papier dans ma poche, expliqua le jeune garçon. J'y avais inscrit le nom du fabricant de cannes : Charon. Il m'a soudain semblé que ce nom m'était familier. »

Un sourire très paternel apparut sur les lèvres du professeur.

« Rappelle-toi la légende d'Orphée, Junior. »

Malheureusement, Indy n'eut pas le loisir de plonger dans ses souvenirs.

« *Good morning*, mes amis ! » interrompit Nigel Wolcott, vêtu d'une robe de chambre en soie rouge vif.

Comme personne ne lui répondait, il ajouta, imperturbable :

« Vous êtes bien matinaux ! Pourquoi n'irions-nous pas déguster du café et des petits pains au lait sur la place du marché ? »

Contrairement à son père, qui souriait de toutes ses dents à l'idée de déguster des pains au lait, Indy ne se laissa pas distraire.

« Papa, c'est important ! Qui est Charon ?

— *By Jove !* Vous passez toutes vos journées à vous poser des questions ! commenta Wolcott. Permettez que je joue, moi aussi ? Je parie que j'arriverai à vous coller. »

« Si ce gugusse en tenue de cirque ne se tait pas, je vais l'étrangler, songea Indy. Personne ici ne se soucie-t-il donc de retrouver Élyse ? »

Le professeur Jones reposa délicatement sa tasse en porcelaine de Chine.

« Dans la mythologie grecque, répondit-il enfin, Charon était le nocher des Enfers — celui qui faisait passer aux morts les fleuves infernaux, comme le Styx. Tu ne t'en souviens pas, Junior ? »

Et le professeur Jones de faire claquer sa langue contre son palais.

« A-t-il fait traverser le Styx à Orphée ? demanda Indy, qui buvait les paroles de son père.

— Oui. Mais, bien sûr, il a d'abord fallu qu'Orphée le charme... »

Indy en savait assez.

Non, il n'allait pas se rendre dans la montagne. Il allait d'abord faire un tour du côté du Pirée. Histoire d'interroger le dénommé Charon. Car c'est bien ce qu'Orphée aurait fait.

« Bon, si vous voulez m'excuser, il faut que j'aille chercher Eurydice », lança-t-il alors.

Les deux professeurs échangèrent un regard médusé.

« Euh... je voulais dire Élyse », corrigea Indy, soudain rouge comme une pivoine.

Dans la rue, Indy héla une voiture à cheval. Il agita sous le nez du cocher le morceau de papier où figurait l'adresse de Charon. Le cocher se contenta de faire oui de la tête. Ses cheveux n'étaient ni bruns ni bouclés, ce qui rassura Indy !

Le voyage s'avéra interminable. Dans la froidure matinale il fallut endurer des kilomètres d'une route parsemée de nids-de-poule, le tout avec une lenteur insupportable. Les Grecs n'avaient-ils donc jamais entendu parler de l'automobile et du macadam, deux des plus belles inventions du XIXe siècle ? En outre, le vent s'était levé. A chaque bourrasque, Indy recevait des kilos de poussière dans la figure.

Enfin, au bout d'une heure, le cocher immobilisa la voiture.

« *Piraeus* », annonça le Grec dans la langue d'Indy, tout en pointant son doigt vers une banlieue industrielle nappée de grisaille.

Avec ses usines et ses maisons délabrées, Le Pirée ne payait pas de mine. C'était une ville plus petite et beaucoup moins colorée qu'Athènes. Son aspect sinistre n'avait cependant rien pour déplaire à Indy : en effet, Le Pirée n'en ressemblait que davantage aux Enfers. Or, c'est là que le jeune garçon voulait se rendre !

Le cocher fouetta son cheval et la voiture descendit la colline, en direction du port. Au pied des montagnes, la mer Égée resplendissait, piquetée de taches blanches : les voiles des bateaux de pêche. Aux yeux d'Indy, elle avait pris la couleur du Styx.

Parvenu devant une cabane en retrait des quais, Indy mit pied à terre et régla son dû au cocher — plus honnête que celui de la veille.

Tout en maintenant son chapeau en place, de peur qu'il ne s'envole dans la tourmente, il se dirigea alors vers la cahute de Charon, d'où émanaient le bruit régulier d'une machine et le chant plaintif d'une voix humaine.

A l'intérieur, un vieil homme était penché sur un tour, occupé à sculpter une pièce de bois. Des copeaux fusaient de tous côtés et retombaient sur lui comme autant de flocons de neige.

En entendant Indy frapper à la porte, le vieil homme s'arrêta et se retourna. Sa pipe vissée au coin des lèvres, il dévisagea le nouveau venu d'un air soupçonneux.

« *Omílíte angliká ?* » fit Indy.

Il voulait savoir si l'homme parlait anglais. Ce dernier hocha la tête en silence.

« Êtes-vous le fabricant de cannes nommé Charon ?

— Tu as raison sur ces deux points, mon garçon, car tel est mon destin. »

Il se redressa, couvert de copeaux des pieds à la tête. Du plus profond de son visage fripé, deux yeux pétillants de vie contemplaient Indy avec curiosité.

« J'ai aperçu deux de vos cannes hier, à Athènes », expliqua Indy.

Le vieux Charon étira les plis de son front ridé.

« Et tu as fait tout ce chemin pour me le dire ? » railla-t-il.

Mais Indy ne s'en laissa pas conter.

« La première appartenait à une vieille femme, précisa-t-il. Une tête de Persée était gravée sur le pommeau. Vous vous en souvenez ? »

Indy s'attendait que le vieil homme lui adresse un sourire, hoche la tête, ou se mette en colère. Bref, qu'il réagisse d'une manière ou d'une autre. Eh bien non, il resta coi et se dirigea vers un tonneau rempli d'eau, qui se trouvait juste à côté de l'entrée de la cabane. Là, il plongea la tête dedans.

Il en ressortit trempé, mais débarrassé des copeaux.

Incapable de déterminer si son silence était signe d'hostilité ou de crainte, Indy poursuivit :

« Sur le pommeau de l'autre canne, j'ai vu une tête de Méduse. C'est celle-ci qui m'intéresse. »

Le vieil homme plissa les yeux et, prenant appui sur ses avant-bras, encastra sa charpente osseuse dans l'encadrement de la porte. Malgré son âge, il semblait ne rien avoir perdu de la vigueur de ses jeunes années.

« Je fabrique des cannes depuis soixante ans, répondit-il d'un ton bourru. Pourquoi voudrais-tu que je me souvienne de celle-ci ?

— Parce qu'elle est très importante pour moi, expliqua Indy. Voyez-vous, son propriétaire est un voleur.

— Qu'est-ce qu'il t'a dérobé ? demanda Charon, du tac au tac.

— Rien qui m'appartienne, fit Indy. Mais il a volé des trésors qui appartiennent à tout le monde. Et hier, il a pris quelque chose d'irremplaçable : il a enlevé une jeune fille. Je dois absolument la retrouver. »

Charon tira sur sa pipe avant de marmonner quelques jurons inintelligibles.

« Tu veux parler d'une tête de Méduse sur une canne en ébène ? »

Un sourire rayonnant éclaira le visage d'Indy.

« Celle-là même. Vous vous souvenez de l'homme qui vous l'a achetée ? »

Charon haussa les épaules.

« Je ne me rappelle ni son nom ni son visage, pour la bonne raison que je ne l'ai jamais vu. Elle m'a été commandée par quelqu'un qui travaillait pour lui. Je la lui ai livrée à domicile. »

Le vieil homme marqua une pause, le temps d'aspirer une nouvelle bouffée de tabac, puis il ajouta :

« C'était il y a quinze ans.

— Vous vous souvenez de l'endroit où il habitait ? » demanda Indy, plein d'espoir.

Charon pointa son index jauni vers le sud-ouest. D'un geste du bras, il fit comprendre à Indy que l'endroit se trouvait au-delà de l'horizon.

« Cet homme m'a eu l'air très puissant, commenta-t-il alors. C'était un gros poisson. Toi, tu n'es encore que menu fretin. Et moi, je suis trop ancien. Si les dieux nous voyaient, ils nous riraient au nez. Non, tu ferais mieux d'abandonner ton projet, mon garçon.

— Je ne peux pas », insista Indy avec détermination.

Il savait ce qui lui restait à faire : Orphée n'avait-il pas séduit Charon grâce à son chant, pour le convaincre de lui faire traverser les eaux du Styx ? Certes, Indy ne le charmerait jamais avec sa voix aiguë, mais il pouvait essayer autre chose !

Son intelligence, par exemple.

« Ma petitesse est un avantage, rétorqua-t-il en relevant le menton. Un gros poisson ferait peur à notre homme. En revanche, quand il me verra approcher, il éclatera de rire ! »

Après avoir médité quelques instants sur la sagesse de ce constat, le vieil homme finit par hocher la tête.

« Tel est ton destin. Mais ce n'est pas le mien. »

Indy allait-il se contenter de cette réponse pour le moins sibylline. Le croire était mal le connaître.

Il revint aussitôt à la charge.

« Hier, j'ignorais jusqu'à votre existence. On m'a dirigé vers vous parce que vous êtes la seule personne capable de me conduire jusqu'au propriétaire de la canne. C'est une question de vie ou de mort, monsieur Charon. »

Le vieil homme soupira. Sa pipe venait de s'éteindre.

« Et comment suis-je censé te conduire jusqu'à lui ? demanda-t-il.

— Dans votre bateau. Vous en avez un, n'est-ce pas ? »

Charon parut surpris.

« Eh bien... oui, mais comment le sais-tu ? »

« Élémentaire, mon cher Charon, songea Indy : avec un nom pareil, et juste au bord de la mer, comment auriez-vous pu *ne pas* en avoir ? »

« C'est mon petit doigt qui me l'a dit », répondit simplement l'adolescent, le sourire aux lèvres.

L'effet produit sur le passeur fut tel qu'il accepta de conduire Indy jusqu'à l'île d'Égine.

11

Tempête en mer Égée

« Tiens bon, moussaillon ! » hurla Charon pour couvrir le sifflement des vents déchaînés.

Le petit voilier escaladait les vagues à grand-peine, avant de dégringoler dans les creux, ballotté par les flots tel un fétu de paille. L'eau semblait se jouer de lui. Elle le giflait avec la régularité d'un métronome, comme pour éprouver sa résistance.

Cramponné au mât, Indy serrait les dents. Il le savait, il n'y avait pas d'autre alternative à cette traversée de tous les dangers. Aussi, chaque fois que les embruns salés venaient lui piquer les yeux, il se remémorait Élyse, emportée malgré elle par l'homme de main de Kourou.

Quelle que soit la violence des flots, le jeune aventurier devait se montrer plus fort, et plus déterminé que jamais.

Debout à la barre, dans la tempête, Charon beuglait à tue-tête une chanson folklorique grecque, accompagné par les claquements de la grand-voile. Que fallait-il craindre le plus, de la mer déchaînée ou du chanteur forcené, Indiana n'aurait su le dire.

Mais si ce capitaine d'opérette continuait encore longtemps ses vocalises, son passager finirait à la nage, foi d'Indy !

« Qu'est-ce que vous chantez ? demanda-t-il au vieux bonhomme.

— C'est une ode aux dieux », répondit Charon.

Il voulait sans doute parler d'une ode odieuse... Voilà sans doute la raison pour laquelle les vents soufflaient si violemment : les dieux ne voulaient plus entendre cette cacophonie !

« Voici les paroles », hurla Charon en bombant le torse.

Sa voix fut emportée par une rafale particulièrement cinglante. Une véritable tourmente venue du ciel.

Il en fallait davantage pour décourager le baryton barrissant qui entama de nouveau sa complainte :

« O, Zeus, le roi des dieux,
Toi qui, du ciel, nous frappes
Avec tes orages par milliers,
N'avale pas mon petit bateau.
O, Poséidon, roi des mers,
Aie pitié de mon frêle esquif.
Le messager des âmes en peine,
J'erre entre la vie et la mort. »

« C'est gai..., songea Indy. Je croyais que c'était moi, Orphée. C'est à moi de chanter ! » songea-t-il à regret.

Apparemment, Charon en avait décidé autrement.

Au terme de ce voyage éprouvant, le vent tomba subitement. Un calme étrange lui succéda. Les dieux savaient-ils que Charon était arrivé à bon port et qu'il ne chanterait plus ?

Il fallut de longues minutes au capitaine octogénaire pour faire accoster son voilier. Indy eut le temps d'admirer la beauté d'Égine, toute de plages de sable fin, de collines boisées et de maisons en pierre blanchies à la chaux. On était très loin des Enfers...

Une fois l'embarcation amarrée, Charon posa une solide main osseuse sur l'épaule d'Indy.

« Voici Ayía Marína, annonça-t-il en pointant l'index vers le petit village niché au pied des collines. Et là-bas, c'est la rue où tu trouveras la maison de l'homme qui m'a acheté la canne à tête de Méduse. »

Les yeux d'Indy se portèrent dans la direction indiquée par Charon.

« Mais sa maison, laquelle est-ce exactement ? » demanda-t-il.

Charon brandit trois doigts noueux vers le ciel.

« Je ne me rappelle que trois détails sur cet endroit. Les murs de la maison sont chaulés. Le jardin est entouré d'un mur, et il y a un olivier au milieu de la cour...

— Chaux, jardin entouré d'un mur, olivier... O.K. ! Attendez-moi là, je ne serai pas long. »

Après avoir sauté sur le ponton de bois, il fut soudain saisi d'un doute.

« Je vais revenir accompagné, précisa-t-il. Et nous serons pressés de partir... Vous serez prêt, n'est-ce pas ? »

La pipe fumante au coin des lèvres, le vieillard répondit d'un ton énigmatique :

« J'attendrai jusqu'à ce que je sois sûr que tu ne peux pas revenir. »

Ce n'était pas exactement ce qu'Indy désirait entendre. Que voulait dire Charon, au juste ?

« Ne vous en faites pas. Je reviendrai », promit-il d'un ton qu'il aurait voulu plus convaincant.

Puis il se hâta vers la rue où habitait Kourou.

Il passa devant une barque, qui gisait la coque en l'air sur le quai. Tout autour, cinq pêcheurs vêtus de pulls de laine blancs et de casquettes noires aplaties étaient assis, occupés à réparer leurs filets. En apercevant Indy, ils cessèrent leur besogne pour le contempler fixement.

Connaissaient-ils Kourou ? Travaillaient-ils pour lui ? Le jeune Américain n'osa pas le leur demander.

Son attention fut alors attirée par un son familier. Un son qui le hantait depuis la veille.

« Tap-tap. Tap-tap. »

Indy se retourna instantanément, en quête d'une canne. Il n'aperçut qu'une vieille femme, en train de vider sa pipe de terre sur les marches de son perron. A ses pieds étaient éparpillés les restes d'un poisson qu'elle venait de vider et d'écailler.

« Pouah ! » songea Indy, le cœur au bord des lèvres.

La rue désignée par Charon, une impasse, se trouvait à flanc de colline et grimpait en pente douce. Le garçon observa la succession de belles maisons avec une vue sur la mer imprenable, toutes de tailles et de styles différents. Seul un étroit couloir les séparait les unes des autres.

Sans attendre, il s'élança en courant à la recherche de celle de Kourou. Mais il ne tarda pas à se rendre compte que les indications de Charon ne l'aideraient guère : elles étaient *toutes* blanchies à la chaux ! En Grèce, tout était chaulé !

Les difficultés ne s'arrêtaient pas là. En effet, l'une des maisons était bien entourée d'un mur, cependant elle ne possédait pas de jardin. Dans la cour de la seconde, il voyait bien un olivier, mais pas de mur. Et une troisième trônait au milieu d'un jardin couvert d'oliviers et d'arbres fruitiers.

Aucune ne correspondait exactement à la description de Charon !

Indy s'apprêtait à regagner le bas de la rue pour examiner chaque maison une deuxième fois, lorsque son attention fut de nouveau attirée par un son étrange. Cette fois, ce n'était pas le bruit d'une canne. Non, il s'agissait plutôt d'une sorte de souffle rauque.

Étrangement, il eut alors l'impression qu'on l'épiait.

Il se rapprocha de la dernière maison au bout de la rue, tout en haut de la côte. Il apercevait une cour énorme, à l'arrière, qui descendait jusqu'à la mer. Côté rue, un solide mur d'enceinte chaulé protégeait un petit jardin. Malheureusement, il manquait un olivier...

Indy regarda à travers les barreaux du portail en fer forgé. Il ne s'était pas trompé. On l'épiait bel et bien ! Et dès que son regard croisa celui de l'énorme molosse, la bête se mit à grogner et à aboyer.

Indy recula vivement. Il venait de se trouver nez à truffe avec le plus gros lévrier irlandais qu'il ait jamais vu, presque de la taille d'un poney ! En moins amical...

Le monstre furieux tenta de passer la tête à travers les barreaux, grattant le sol de ses pattes gigantesques.

Après tout, Charon avait peut-être raison : Indy était un poisson beaucoup trop petit pour s'attaquer à cette force de la nature...

A ce moment, un autre détail de la légende d'Orphée lui revint en mémoire. Le professeur Jones lui avait raconté que les Enfers étaient gardés par un chien monstrueux, l'horrible Cerbère à trois têtes.

Indy s'approcha de nouveau, pour examiner le fauve de plus près. Il ne possédait pas trois têtes,

Zeus merci, mais un seul exemplaire de ce faciès repoussant suffisait bien ! Quant à la maison, si elle ne correspondait pas en tout point à la description de Charon, cela n'importait guère, car après tout, il arrive que les oliviers meurent...

Elle était gardée par un chien monstrueux — tout comme Cerbère ! Ce ne pouvait donc être que celle de Markos Kourou. Et Élyse devait se trouver à l'intérieur !

Une fois effectuée cette subtile déduction, Indiana fut confronté à cette évidence : il n'existait qu'une seule façon de vérifier son exactitude. Il fallait pénétrer à l'intérieur.

« Bon chienchien à sa mémère, chuchota le garçon en se rapprochant. Oh, le beau toutou... »

Dès qu'Indy eut fait un pas dans sa direction, le molosse devint fou furieux. Il se mit à exécuter des sauts périlleux et à projeter sa carcasse massive sur le portail en fer forgé.

« Hum ! songea Indy. Si je suis le nouvel Orphée, je suis peut-être capable de charmer Cerbère avec ma voix cristalline... »

Il fit alors tourner la poignée métallique de la grille, et l'un des battants s'ouvrit devant lui. Lentement, le jeune aventurier glissa un pied, puis l'autre à l'intérieur du jardin. Devant lui, Cerbère avait entamé une véritable danse de démon.

Sans le quitter des yeux — dans l'espoir de l'hypnotiser ! —, Indy se mit à entonner la première chanson qui lui passait par la tête.

« O, dieu Poséidon,
Toi, qui du ciel, nous frappes
Avec tes orages par milliers,
N'avale pas mon petit bateau.
O, Zeus... »

C'en était trop pour le chien enragé. Ses oreilles ultra-sensibles détectèrent des sons ultra-désagréables. Pareille torture n'était pas supportable !

N'y tenant plus, la pauvre bête poussa un hurlement à la mort assourdissant avant de se jeter sur le coupable. Les crocs découverts, les babines dégoulinantes de bave, il sauta à la gorge d'Indy.

12

Coucou, Kourou !

Repoussé en arrière par le pesant Cerbère, Indy alla s'écraser contre le portail, le souffle coupé.

L'un des battants s'ouvrit alors tout grand et le jeune garçon faillit tomber. Mais, emporté par son élan, le molosse atterrit directement dans la rue. Sonné par le choc, il lui fallut quelques secondes pour recouvrer ses esprits.

D'un geste rapide, Indy referma la grille. Le chien revint bien à la charge, sans succès cependant : car, désormais, il se trouvait à l'extérieur !

Ivre de colère, il se remit à aboyer de plus belle. C'était un miracle qu'il n'ait pas encore alerté non seulement les occupants de la maison, mais aussi tout le voisinage !

Indy n'attendit pas. Il prit ses jambes à son cou et s'élança en direction de la vaste cour située derrière la maison. Une fois de l'autre côté, les

aboiements du monstre paraissaient nettement moins impressionnants.

Indy parcourut du regard la colline abrupte et verdoyante qui descendait jusqu'à la mer, et quelle ne fut pas sa surprise de voir accoster un gros bateau sur un ponton privé ! Des visiteurs ?

Sans perdre une seconde, Indy partit en quête d'une entrée qui lui donnerait accès à la maison côté mer. Il se fraya un chemin à travers un labyrinthe de draps et de vêtements divers qui séchaient au soleil, puis découvrit une porte. Par chance, elle n'était pas verrouillée. Aussi put-il se glisser à l'intérieur sans difficulté.

Une petite table, un vaisselier, des casseroles sur des étagères, un grand poêle à bois : à l'évidence, il se trouvait maintenant dans la cuisine.

A pas de loup, Indy s'approcha de la porte située près du four. Brusquement, il changea d'avis. En effet, il venait d'entendre des voix d'hommes, qui s'exprimaient en grec. Ils avançaient à grands pas vers la cuisine. Avaient-ils entendu le chien ? Étaient-ils à la recherche du visiteur indésiré ?

Avisant une troisième porte, Indiana s'y engouffra, le cœur battant à tout rompre. De l'autre côté, il aperçut un couloir long et sombre, avec encore d'autres portes. « Sacrée baraque ! », songea-t-il, avant de se précipiter dans le couloir. Il alla se réfugier dans la première pièce sur la gauche.

« Élyse se trouve peut-être dans une de ces chambres », espéra-t-il un instant.

Mais alors qu'il pénétrait dans la pièce, il se figea sur place. Là, devant la fenêtre, se tenait une vieille femme, assoupie dans un fauteuil à bascule. Les yeux fermés, la bouche ouverte, elle ronflait paisiblement.

Indy ressortit de la pièce aussi vite qu'il y était entré, pour gagner le fond du couloir. Là, il trouva un escalier. Les marches craquaient sous chacun de ses pas, autant d'ennemies prêtes à le dénoncer. Indy s'immobilisa un instant. Il venait d'entendre une voix d'homme derrière lui. Elle provenait de l'entrée du couloir. Par Zeus ! le nouveau venu était en train de parler avec la vieille femme. Celle-là même qui dormait un instant plus tôt !

S'agissait-il de Kourou ? Difficile à dire, d'autant plus qu'Indy n'était toujours pas sûr de se trouver dans la bonne maison.

Le jeune garçon reprit son ascension, enjambant deux marches à la fois, jusqu'à ce qu'il soit parvenu sur le palier du premier étage. Il fut sidéré de constater qu'autant de portes s'offraient à lui : il allait devoir choisir au hasard.

Car Élyse pouvait se trouver dans n'importe laquelle de ces pièces... mais aussi Kourou ! Et Indy le savait, ce dernier n'hésiterait pas une seconde à user d'une arme à feu contre l'intrus.

Après avoir collé l'oreille sur la première de ces portes, Indy se glissa à l'intérieur et referma derrière lui. Lorsqu'il se retourna, il ne put réprimer un cri. Aussitôt, il plaça la main devant sa bouche.

Cette fois, il n'entretenait plus aucun doute

quant à l'endroit où il se trouvait. C'était bel et bien l'antre de Markos Kourou. Où que se porte le regard, en effet — sur les étagères, sur les piédestals, sur les tables, sur les murs... —, ce n'étaient que trésors de l'Antiquité : poteries, bijoux, sculptures !

Une collection d'objets d'art à couper le souffle de l'amateur le plus blasé, qui provenaient en majorité de la Grèce antique.

Indy se mit à chercher la pièce de musée qui l'intéressait au premier chef, à savoir la coupe de Pietroasa. Sans succès, toutefois.

« Qu'en as-tu fait, Kourou ? marmonna-t-il. Et qu'as-tu fait d'Élyse ? »

Il n'eut pas le temps d'explorer davantage. Des pas précipités résonnaient dans l'escalier. Vite ! Il fallait se cacher, mais où ?

Une porte permettait de passer dans la pièce voisine. Indy s'y engouffra au moment même où les pas s'arrêtaient dans le couloir, à hauteur de la salle des trésors.

« Et maintenant, où suis-je ? » se demanda l'intrépide garçon. Une bibliothèque, un grand bureau où s'empilaient des liasses de papiers, des journaux... C'était un bureau ! Celui de Kourou, peut-être !

Indy se rapprochait de plus en plus de son but, il le sentait. Encore un petit effort, et il ne tarderait pas à découvrir la véritable identité du malfaiteur.

En hâte, il fouilla dans les papiers et les coupures de journaux. Certaines mentionnaient des objets d'art anciens récemment découverts. Kourou avait sans doute déjà envoyé sa liste au Père Noël !

Les yeux d'Indy tombèrent alors sur un petit livret noir. Le jeune aventurier s'en empara et comprit rapidement qu'il s'agissait là du passeport de Markos Kourou. Eurêka ! Indy tenait sa preuve : à la page 8 figurait le tampon de la Roumanie. Kourou s'y trouvait bel et bien au moment où la coupe de Pietroasa avait disparu !

Indy empocha la pièce à conviction avec un sourire en coin. « Kourou ne va pas reprendre la route de sitôt — pas si j'ai mon mot à dire... », songea-t-il.

Cependant, un détail le frappa. Un calme parfait régnait dans le couloir. Un calme anormal et pour tout dire inquiétant. Aucun bruit de pas. Aucun bruit de voix. Mieux valait ne pas traîner dans ces parages.

Comme s'il marchait sur des œufs, Indy alla coller son oreille contre la porte qui communiquait avec la salle des trésors. Il ne perçut aucun son de l'autre côté. Rassuré, il fit tourner le bouton de la porte pour l'ouvrir en grand.

« A moi, Zeus ! » s'écria-t-il alors.

Dans le chambranle se dressait une immense statue. Une statue de muscles, en la personne du Grec à la crinière bouclée qui avait enlevé Élyse devant l'Acropole ! Et cette statue ne souriait pas...

Indy ne prit pas le temps d'y réfléchir à deux fois. Il pivota sur ses talons et se précipita vers la porte qui donnait sur le couloir. Il l'ouvrit toute grande... et se heurta à une autre statue de muscles, qui ne souriait pas davantage, hélas pour lui !

Au même moment, une main puissante le repoussa vers l'intérieur de la pièce.

« C'est impossible ! » s'exclama-t-il.

Comme par magie, le même homme se trouvait en deux endroits à la fois. Tout comme à Athènes ! S'agissait-il d'un miracle, ou Indy avait-il perdu la tête ? Le jeune garçon eut soudain une illumination.

« Des jumeaux ! Mais bien sûr ! Vous êtes deux jumeaux, n'est-ce pas ?

— Boucle-la ! » ordonna celui des deux qui se trouvait devant lui.

Et joignant le geste à la parole, le grand musclé assena un vigoureux coup de poing au pauvre Indiana, qui s'écroula au sol, inconscient.

« J'entends quelqu'un gémir », songea Indy.

Recouvrant ses esprits, le garçon se redressa lentement. La réalité vint alors le frapper de plein fouet : c'était lui qui gémissait ! Sa mâchoire inférieure le faisait atrocement souffrir. Ses bras et ses jambes, aussi.

« Où suis-je ? » murmura-t-il.

Il ouvrit les yeux et fut immédiatement en mesure de répondre à sa propre question. Assis sur une chaise munie d'un coussin, il se trouvait dans un salon cossu. Sur les tables, des vases remplis de fleurs séchées scintillaient sous les rayons du soleil.

Tout cela aurait été on ne peut plus agréable s'il n'avait eu les pieds et les poings liés par une corde épaisse. En un mot comme en cent, Indy ne pouvait pas remuer un seul petit doigt ! Une situation pour le moins inconfortable.

« Ohé ! appela-t-il. Il y a quelqu'un ? »

La vieille femme aperçue quelques instants plus tôt dans un fauteuil à bascule entra dans la pièce. Elle sembla de prime abord accueillir la présence d'Indy avec la plus parfaite indifférence. Il en alla autrement lorsqu'il s'avisa de lui parler.

« Parlez-vous anglais ? *Omílíte angliká* ? » demanda-t-il poliment.

En guise de réponse, la vieille femme s'approcha de lui pour le gifler avec vigueur. Elle tourna ensuite les talons et quitta le salon.

« Et mon verre d'eau ? Et ma gelée de prunes ? protesta Indy. Si je comprends bien, je ne suis pas le bienvenu... »

L'instant d'après, l'un des jumeaux chevelus surgit à son tour. En voyant qu'Indy était réveillé, il darda un large sourire.

« Où est votre patron ? s'écria le garçon, en se débattant sur sa chaise. Où est Kourou ?

— Boucle-la », répondit l'homme.

Il avait prononcé ces deux mots avec lenteur, comme s'il venait de les apprendre.

« Quelles bonnes manières ! ironisa Indy, la joue encore rouge.

— Boucle-la », répéta le Grec.

Son frère jumeau apparut derrière lui. Il était en train de déguster une orange à belles dents, écorce comprise. En les voyant l'un à côté de l'autre, Indy se demanda lequel l'avait chargé sur son cheval blanc. Difficile à dire : tous deux portaient la même tunique traditionnelle d'étoffe grossière.

Seule différence : celui de gauche avait enroulé une large ceinture rouge autour de sa taille, alors que le mangeur d'orange portait une grosse croix en or autour du cou.

« Que diriez-vous de me détacher ? » suggéra Indy à ce dernier.

En de telles circonstances, un brin d'audace et d'insolence constituait la seule tactique envisageable. Cette arme avait parfois le don d'agacer les adversaires les plus obstinés. Et comme disait toujours le professeur Jones : qui ne risque rien n'a rien...

« Boucle-la, se contenta de répondre le colosse.

— C'est tout ce que vous savez dire ? demanda Indy.

— Eh oui, c'est tout ce qu'ils savent dire, répondit une voix mystérieuse. Car c'est tout ce que je leur ai appris... »

La voix en question appartenait à un homme qui venait de pénétrer dans le salon. Un homme de petite taille, replet, vêtu d'un costume noir et d'un chapeau foncé. Dans sa main gantée de noir, il tenait une canne d'ébène à pommeau doré et se tapotait la joue avec délectation.

Il arborait une longue chevelure aussi noire que sa moustache drue.

Indy n'en croyait pas ses yeux. C'était *lui*,

enfin ! Markos Kourou ! Fait étrange cependant, il ne correspondait pas du tout à la description qu'en avait faite Kalitsa ! Qu'importe, Indy était enfin confronté à son ennemi juré, et il n'allait pas se démonter.

« Kourou ? Coucou ! lança-t-il à l'adresse du nouveau venu.

— Mon garçon, ton insolence n'a d'égale que ta perspicacité, je dois le reconnaître. Eh bien, soit, je me présente : Markos Kourou. Pour te servir. Ha ! Ha ! »

Il s'approcha de son prisonnier en moulinant de la canne, et sans le quitter des yeux.

De près, ses cheveux et sa moustache paraissaient bizarres. Indy n'en avait jamais vu de pareils. C'était comme si... Soudain, le jeune garçon comprit pourquoi ces cheveux et cette moustache semblaient artificiels : Kourou portait une perruque et une fausse moustache ! Raison pour laquelle il était toujours passé inaperçu. Pas étonnant que personne ne connaisse son vrai visage !

Néanmoins Indy remarqua autre chose — quelque chose de familier dans le regard de son interlocuteur. Oui, il avait déjà vu ces yeux bleu pâle et larmoyants. C'étaient les yeux de...

« Non, c'est impossible ! s'écria Indy d'une voix tremblante. Je sais qui vous êtes. Vous ne vous appelez pas Markos Kourou. Vous êtes le professeur Wolcott ! »

13

Pacte avec le diable

« Nigel Wolcott ? fit l'homme en noir, avant de s'esclaffer. Mais tout le monde le connaît : ce n'est qu'un vieux professeur qui passe son temps à pérorer sur les merveilles de l'art antique. A dire vrai, il éprouve plus de plaisir à en parler qu'à les posséder. N'est-ce pas la vérité ? Ha ! Ha ! »

Avec un rire moqueur, Kourou entreprit alors d'ôter sa perruque et sa moustache, de sa main gantée de noir. Bientôt, il s'arrêta de rire.

« Ne laisse paraître aucune surprise ! » se dit Indy à lui-même.

Mais il ne put s'empêcher de pousser un cri malgré lui. C'était bel et bien Nigel Wolcott qui lui faisait face ! Markos Kourou n'était autre que l'ancien professeur du père d'Indy. A cette différence près que, maintenant, toute trace de bonté avait déserté son visage dur et glacé.

« J'aimerais bien qu'on m'explique comment un gamin a été capable de découvrir ce que personne au monde n'a jamais réussi à savoir, gronda-t-il, visiblement agacé. Et si rapidement, en plus ! Il lui a fallu deux jours à peine...

— Je n'arrive pas à croire qu'une personne de votre stature, un ancien d'Oxford, ait pu tomber si bas, répondit simplement Indy.

— Comme tu es naïf, mon garçon ! Cette chaire dans l'une des plus prestigieuses universités du monde a été mon passe-partout. En tant qu'expert, je pouvais aller n'importe où sans éveiller le moindre soupçon. Les musées et les collectionneurs privés du monde entier me suppliaient d'examiner leurs antiquités. Bien sûr, je me faisais un plaisir... de leur faire plaisir. Et je prenais note de ce qui m'intéressait le plus. »

Sans cesser de gigoter sur sa chaise, Indy releva le menton d'un air de défi.

« Et vous n'aviez qu'à retourner sur place pour les voler, j'imagine ? »

Wolcott laissa échapper un ricanement sinistre.

« Je ne pouvais pas les voler moi-même, bien sûr. Pas question de prendre le risque d'être reconnu. Mais déguisé en Markos Kourou, et avec l'aide de mes deux assistants Yannis et Théo, ici présents, je pouvais me trouver là et me délecter de l'instant où ces trésors tombaient dans mon escarcelle.

— Et si quelqu'un vous surprenait, il ne voyait rien d'autre qu'un Grec qui se promenait avec une drôle de canne à tête de Méduse.

— Mon garçon, je te donne vingt sur vingt. C'était un déguisement magnifique, non ? Je crois que j'ai hérité la fibre théâtrale de mon père. J'aurais fait un excellent acteur. Ha ! Ha ! Ha ! »

Indy secoua la tête. Cet homme semblait considérer tous ses crimes comme un jeu, une partie de cache-cache avec lui-même et avec les autorités.

« En outre, avec un patronyme grec et une fausse moustache, vous passiez inaperçu sur l'île d'Égine, ajouta Indy.

— Quelle agilité d'esprit ! s'extasia Wolcott. Je t'envie ta jeunesse. Si j'avais commencé à voler à ton âge, songe à tous les trésors que je posséderais aujourd'hui ! »

Indy commençait à bouillir intérieurement.

« J'ai vu votre collection : vous ne possédez rien du tout. Ces objets d'art sont la propriété de musées et de collectionneurs ! »

Wolcott leva ses yeux larmoyants vers le ciel.

« Indiana, tu as vécu trop longtemps au contact de ton père. Tu deviens aussi ennuyeux que lui.

— Laissez mon père en dehors de tout ça ! Il vous a fait confiance », protesta le jeune garçon.

La main gantée de Wolcott s'était levée, comme pour gifler Indy. Heureusement elle retomba aussitôt.

« Ton père est un imbécile doublé d'un crétin », lâcha simplement l'Anglais.

Il l'avait dit le plus calmement du monde, à la manière dont il aurait commandé un plat dans un restaurant.

« Par exemple, ce matin je lui ai dit que j'allais passer la journée à la bibliothèque. C'était un mensonge absurde, or il m'a cru.

— Il appartient à la vieille école, rétorqua Indy vexé. Il croit ce que les gens lui disent. »

Wolcott hocha la tête.

« Ce qui m'étonne le plus, mon garçon, c'est qu'il ait réussi à te rendre aussi intelligent. »

Il avait assorti cette remarque d'un sourire hautain. Toutefois son visage s'était assombri.

« Moi, j'ai toujours voulu un fils...

— Vous voulez dire un complice, corrigea Indy. Vous ne sauriez pas quoi faire d'un fils. »

Wolcott inspira fortement. Indy le sentait, l'atmosphère venait de se tendre dans la pièce. Il allait se passer quelque chose.

Le jeune garçon tenta encore une fois de venir à bout de ses liens, mais ils semblaient se resserrer à chaque nouvelle tentative de libération.

« Il va falloir que je prenne une décision à ton sujet... et au sujet de la fille du policier. »

Une onde de courroux avait fait vibrer les cordes vocales du criminel.

« Où est Élyse ? demanda Indy.

— On s'occupe d'elle, ne t'en fais pas. »

Aussitôt Indy se mit à appeler à tue-tête :

« ÉLYSE ! ÉLYSE ! ! !

— Elle ne peut pas te répondre, j'en ai peur, fit Wolcott. Nous avons dû la bâillonner. Elle a la mauvaise habitude de pousser des hurlements stridents aux plus mauvais moments, et nous avons eu peur que les voisins ne l'entendent. »

A ce moment, une femme entra dans le salon.

« Quel est tout ce raffut ? »

Lorsque Indy leva les yeux pour la regarder, il reçut un choc. Bouche bée, comme hébété, il contempla Kalitsa de longues secondes.

Après avoir souri au prisonnier, la jeune femme alla déposer un baiser sur la joue de Wolcott.

« J'ai entendu crier. Tout va bien, mon chéri ?

— Oui, ne t'inquiète pas, *darling.* »

Lorsqu'elle ramassa le chat roux qui l'avait suivie jusque dans le salon, Indy remarqua l'alliance à son annulaire : une alliance en or. Les paroles de Wolcott lui revinrent en mémoire : il lui avait précisé que Kalitsa était l'épouse d'un bon ami à lui.

« Un bon ami, mon œil ! » songea Indy. Tout d'un coup, il fut pris d'un accès de nausée. Pourquoi n'avait-il pas deviné plus tôt ?

« Alors, c'est lui qui se trouvait dans votre boutique, hier ? demanda Indy à Kalitsa.

— Lui qui ?

— Le professeur Wolcott... Kourou... enfin, votre mari... », fit le garçon en se tournant vers Wolcott.

De nouveau, celui-ci se tapota la joue avec le pommeau de sa canne.

« Tu peux m'appeler comme tu veux, mon garçon.

— Ne me tentez pas... », répliqua Indy.

Kalitsa secoua sa belle chevelure brune.

« Non, ce n'était pas lui. Mais c'est vraiment un

coup de chance que Naxakis vous ait envoyé chez moi. Vous vous êtes jeté dans la gueule du loup, pour ainsi dire !

— Je hais cet homme, déclara alors Wolcott en serrant les poings. Il nous pourchasse depuis des années.

— C'est pourquoi j'ai demandé à Yannis et à Théo de te débarrasser de sa fille, chéri, dit encore Kalitsa. Je savais que rien au monde ne pourrait te faire plus plaisir... et faire plus de peine à Naxakis. »

Devant cette démonstration de cruauté, Indy ne pouvait rester indifférent.

« Il n'y a pas à dire : vous êtes vraiment faits l'un pour l'autre, tous les deux », commenta-t-il, avec un air narquois.

Sans délicatesse, Kalitsa laissa choir son chat et s'approcha d'Indiana. Elle ôta son chapeau à l'adolescent afin de lui caresser la tête — de la même façon qu'elle avait caressé l'animal, mais sans affection.

« Faut-il absolument que ce pauvre chéri reste ligoté ? demanda-t-elle d'une voix langoureuse.

— Non, répondit son mari. Je pense que le moment est venu de le détacher. »

Le ton employé par Wolcott déclencha un frisson chez Indy.

Dès l'instant où Kalitsa eut dénoué les cordes de ses doigts habiles, le jeune aventurier se leva d'un bond et s'élança vers la porte. Malheureusement Yannis et Théo eurent tôt fait de lui bloquer le passage.

« Allons, allons, Indiana. Je m'étonne que tu montres un tel manque de sagacité, fit remarquer Wolcott. Je m'étonne aussi que tu ne m'aies pas encore posé de question au sujet de la coupe de Pietroasa. »

La tête basse, Indy vint reprendre place sur la chaise que lui tendait Kalitsa.

« Je sais qu'elle ne se trouve pas ici. J'ai regardé.

— Tu as tout à fait raison. Et je ne vais pas te dire où elle est. Sache seulement que tu étais à deux doigts de te l'approprier. En vérité, tu as même mis la main dessus... Mais tu ne la reverras jamais plus. »

« J'ai mis la main dessus ? » se répéta Indy.

Ah ! Que le sourire de Wolcott était vain et sournois !

« Je n'ai posé la main sur aucune coupe, grommela Indy, qui avait l'impression que l'autre se jouait de lui.

— Eh bien, voilà un bon sujet de réflexion, conclut Wolcott. Maintenant, assez discuté. Yannis ! »

Celui des jumeaux qui portait la croix autour du cou s'avança. Wolcott lui donna un ordre en grec.

Yannis fit signe à son frère et tous deux encadrèrent le prisonnier, avant de le mettre debout de force.

« Attendez, professeur ! J'ai un marché à vous proposer ! » lança Indy.

Cette manœuvre de la dernière chance eut au

moins le mérite de piquer la curiosité de Wolcott. Ce dernier fit signe aux jumeaux de laisser Indy se rasseoir.

« Franchement, mon garçon, je doute que tu aies quoi que ce soit d'intéressant à m'offrir, néanmoins je suis prêt à t'écouter. Tu vois, je ne suis pas si méchant... »

Indy se racla la gorge.

« Le fabricant de cannes, le vieux Charon... eh bien... hum... »

Vite, il fallait qu'il trouve quelque chose de convaincant. Rien de moins qu'un argument-massue !

« Euh... je lui ai dit de m'attendre sur le quai. Et... je lui ai aussi demandé d'appeler la police si je n'étais pas de retour dans une heure. »

Nigel Wolcott passa une main gantée sur son crâne dégarni. Ses sourcils broussailleux se haussèrent, pour lui permettre de mieux dévisager son interlocuteur.

« Tu crois qu'il ment ? demanda Kalitsa.

— Difficile à déterminer, admit l'Anglais. Nous savons qu'il est intelligent, mais l'est-il vraiment à ce point ? Au point de convenir d'un plan avec le vieux fabricant de cannes ? Ou bien est-il assez audacieux pour mentir effrontément ? »

Wolcott fit virevolter sa canne, telle une majorette un jour de fête nationale.

« C'est un problème intéressant, j'en conviens. Mais dis-moi : quel genre de marché me proposes-tu, au juste ? »

Indy ne quittait pas Wolcott des yeux.

« Laissez Élyse partir avec moi, et je promets de ne pas prévenir la police avant que vous ayez eu le temps de filer.

— Ha ! Ha ! s'esclaffa Wolcott. C'est la fille que tu veux. Pas la coupe, ni aucun des trésors contenus dans la pièce voisine ? »

Indy ne répondit rien. Il se contenta de tourner les yeux vers la pendule, comme pour dire : « Dépêchez-vous. Prenez une décision. La police ne va pas tarder à arriver. »

« Oh, je comprends tout, fit alors Wolcott. Suis-je bête ! Comme il nous l'a expliqué ce matin, notre jeune ami se prend pour la réincarnation d'Orphée. »

Il gratifia Kalitsa d'un clin d'œil amusé.

« Et je suppose que cette péronnelle obstinée n'est autre qu'Eurydice. Ce qui ferait de moi... Pluton, le maître des Enfers !

— Que vas-tu faire, Nigel ? » intervint Kalitsa.

Sous l'œil torve des deux jumeaux, qui ne comprenaient goutte à cette conversation, Wolcott se mit à arpenter le salon de long en large, en prenant appui sur sa canne à tête de Méduse.

« Peut-être que je devrais faire revivre la légende ? Cette idée ne me déplaît pas, je dois l'avouer. »

Il vint s'immobiliser juste au-dessus d'Indy.

« Mais c'est *moi* qui décide les termes de notre marché... D'accord, retourne à ton bateau et à ton cher Charon. Quitte le monde mal famé dont je suis le maître, et je t'enverrai Élyse. » Ses lèvres pincées dessinèrent un rictus inquiétant. « Tu peux tendre l'oreille pour vérifier que tu entends ses pas, mais attention : quoi qu'il arrive, ne te retourne pas ! Ha ! Ha ! Ha ! Parce que si tu te retournes, comme Orphée, je peux t'assurer qu'elle mourra sur-le-champ. Ha ! Ha ! Ha ! »

14

Le maître des Enfers

« Je veux la voir d'abord, exigea Indy. Je ne sais même pas si elle est ici, ni même si... elle est encore vivante. »

Au lieu de répondre, Wolcott se contenta de secouer la tête.

« O.K. ! j'accepte votre marché, concéda Indy, en désespoir de cause. De toute façon, je sais que je ne peux pas vous faire confiance, alors... »

Sans laisser à son interlocuteur le temps de protester, Indy se remit debout et se dirigea vers la porte. Wolcott et Kalitsa lui emboîtèrent le pas.

« Tu n'oublieras pas de transmettre mon bon souvenir à ton père, n'est-ce pas, "Junior" ? » railla le professeur, en poussant Indy à l'extérieur de la maison.

Le jeune garçon dut se retenir pour ne pas s'enfuir en courant : il fallait qu'il s'assure que Wolcott avait tenu parole. Qu'il avait bien libéré Élyse.

Indy avait à peine parcouru une dizaine de pas lorsqu'il entendit une voix.

« Indiana ! »

C'était Wolcott. Que voulait-il, maintenant ? Indy amorça un demi-tour, se ravisant au dernier moment.

« Qu'est-ce qu'il y a ? demanda-t-il en faisant toujours face à la grille.

— Rien. C'était juste un test, répondit Wolcott en riant. Continue. »

A pas comptés, Indy se remit en route vers le portail de fer forgé. Le molosse ne se trouvait plus derrière. Un silence pesant régnait aux alentours. Pourquoi n'entendait-il pas le moindre bruit derrière lui ? Où était donc Élyse ? Wolcott allait-il vraiment lui rendre sa liberté ? Ou s'était-il joué du jeune aventurier ?

« Attention : quoi qu'il arrive, ne te retourne pas ! » Les mots de Wolcott résonnaient encore aux oreilles du garçon.

« Je *suis* Orphée, se répéta Indy. Mais pas question de commettre la même erreur que lui. »

Facile à dire... Ce silence l'oppressait. Pourquoi n'entendait-il pas...

Et soudain ! Oui, c'étaient bien des pas qui faisaient crisser les graviers, là, juste derrière lui. Quelqu'un le suivait. Élyse avait été libérée ! Tout allait bien se terminer.

Soulagé, Indy franchit le portail et descendit la rue jusqu'au ponton où le bateau de Charon était amarré. Élyse le suivait toujours. Orphée et Eurydice allaient sortir des Enfers. Oui, mais cette fois, ils allaient en sortir *tous les deux*. Encore une minute, et ils parviendraient au ponton.

C'est alors qu'Indy prit conscience d'un détail troublant. Ces pas semblaient bien lourds pour ceux d'une jeune fille. Or, pour avoir passé une journée avec elle, Indy savait combien Élyse avait le pas léger.

L'estomac du jeune garçon se noua. Ce n'était pas elle. C'était quelqu'un d'autre ! Mais qui ? L'un des jumeaux ? Le cerveau en pleine ébullition, Indy s'efforça de garder son calme. Il ne fallait pas qu'il se retourne !

Le cœur battant, il ralentit l'allure. « Je suis Orphée, se répéta-t-il, mais je ne dois pas commettre la même erreur que lui. »

Pourtant, il mourait d'envie de savoir qui le suivait. Les pas se rapprochaient de plus en plus. Il pouvait presque sentir le souffle de la personne en question. C'en était trop. La curiosité l'emporta sur la prudence.

Indiana Jones se retourna d'un bond et regarda derrière lui.

« Élyse ! » s'écria-t-il, plein d'espoir.

En fait, il se trouva nez à nez avec Yannis. Wolcott avait menti !

Le jeune aventurier ne tarda pas à se rendre compte que le poing de Yannis était refermé sur le pommeau de la canne à tête de Méduse. Pourquoi diable l'avait-il emportée avec lui ?

« Boucle-la ! aboya Yannis. Boucle-la ! »

D'une main, il saisit le corps de la canne, et de l'autre il appuya avec force sur le pommeau. Une lame longue et effilée fit alors son apparition.

L'espace d'un instant, Indy resta immobile, hypnotisé par le métal qui lançait des éclairs sous le soleil.

C'était plus de temps qu'il n'en fallait au Grec pour passer à l'action. Il pointa la lame droit sur le cœur du garçon et projeta tout le poids de son corps en avant.

Indy l'esquiva de justesse.

« Cette fois, je n'ai plus du tout envie de rire, songea-t-il. Ce rustaud essaie vraiment de me tuer ! »

Yannis leva de nouveau le bras, alors qu'Indy partait vers la droite. Son adversaire le suivit aussitôt, mais ce fut pour voir sa victime repartir subitement vers la gauche. Et de zigzag en zigzag, le jeune garçon finit par obtenir l'effet escompté. Ce lourdaud de Yannis glissa sur les gravillons et se retrouva bientôt les quatre fers en l'air.

C'est l'occasion dont Indy avait besoin. Toujours aussi intrépide, il ne se dirigea pas vers le ponton et le bateau de Charon. Pas question de choisir le chemin qui le mènerait à la sécurité ! Non, il reprit la direction de la maison de Wolcott. Car c'est là que son amie se trouvait.

Pantelant, Indy pénétra de nouveau dans l'enceinte du repaire maudit. Au passage, il attrapa un bâton, au cas où Cerbère montrerait de nouveau les dents. Bizarrement, l'animal brillait toujours par son absence.

Toutefois, le jeune aventurier s'en réjouissait, car il pourrait gagner l'entrée de la maison plus rapidement. Yannis ne devait pas suivre loin derrière...

Parvenu au sommet du perron, Indy se mit à marteler la porte de ses poings.

« Élyse ! Élyse ! » hurla-t-il.

Depuis l'intérieur, des aboiements furieux lui répondirent, et une masse de chair et de crocs vint s'écraser contre la porte.

Instinctivement, Indiana Jones recula. Que faisait donc le chien *à l'intérieur* ? D'ordinaire, quand ils sont chez eux, les gens laissent le chien dehors, pour qu'il donne l'alerte. S'ils le laissent dedans, pour garder la maison, c'est qu'ils sont partis !

Partis ! Mais alors... ? Cela signifiait que Wolcott et ses complices étaient en train de s'échapper. Et une seule issue s'offrait à eux : la mer Égée.

« Élyse ! ! ! hurla de nouveau Indy à s'en décrocher la mâchoire.

— Indiana ! » répondit une voix lointaine.

C'était elle ! Wolcott l'entraînait déjà au bas de la colline abrupte, jusqu'à son ponton privé.

Indy fit le tour de la grande bâtisse. Parvenu au sommet du raidillon qui descendait jusqu'à la mer, il aperçut Wolcott, Kalitsa et l'autre jumeau, Théo. Ils traînaient Élyse derrière eux en direction du voilier qu'Indy avait vu accoster un peu plus tôt.

Sans prendre le temps de récupérer après sa course effrénée, le garçon s'élança au bas de la colline, moitié en courant, moitié en glissant. Yannis qui l'avait rattrapé dégringolait lui aussi le tapis de verdure.

Au moment où Indy posait le pied sur le ponton, le voilier se mit à glisser sur la mer d'huile. Heureusement, le vent était pratiquement nul et le jeune garçon eut juste le temps de bondir sur le pont du bateau. Le saut avait été gracieux, mais la réception fut moins glorieuse : il dérapa sur cette surface glissante et se retrouva sur le dos.

« Aie ! ! ! » s'écria Indy, qui venait en outre de recevoir Yannis sur le ventre...

Incapable de respirer, le jeune garçon grimaça au nez et à la barbe du géant simiesque.

Malheureusement pour lui, l'instant d'après, deux paires de mains gigantesques le traînèrent sur le pont jusqu'à Wolcott. Connaissant la force de ces deux colosses, Indy n'avait pas cherché à opposer la moindre résistance.

Quelle humiliation, et en même temps quel soulagement de se retrouver face à face avec « Pluton » lui-même, sur les eaux de la mer Égée !

Kalitsa paraissait calme, nullement impressionnée par l'incident, tandis que « Pluton » avait l'air froissé par l'arrivée inattendue d'Indiana Jones.

« Tu es sans nul doute le jeune homme le moins coopératif qu'il m'ait été donné de rencontrer », pesta Wolcott tout en s'efforçant de garder la maîtrise de ses émotions.

Mais Indy n'était pas dupe. Il avait introduit le doute dans l'esprit du plus célèbre criminel de Grèce, alias le maître des Enfers.

Le moment était venu de le lui faire comprendre.

« Vous le savez pertinemment, professeur Wolcott : vous n'allez pas vous en tirer à si bon compte. Si je disparais, toutes les polices du monde se lanceront à vos trousses. Vous n'imaginez tout de même pas que mon père et Ari Naxakis vont rester sans réagir si vous nous tuez, Élyse et moi ! »

Il fallut quelques secondes à Wolcott pour trouver la parade.

« Ah, non ? Je suis choqué, profondément choqué, rétorqua Wolcott. J'attendais mieux de toi, "Junior". Tu me prends vraiment pour un amateur !

— Un amateur ? C'est ce que vous étiez, professeur. Et vous auriez dû vous en contenter. Les vrais amateurs d'art se rendent au musée. Ils n'ont que faire de posséder les œuvres d'art. Ils en tirent une satisfaction purement intellectuelle, spirituelle... »

De nouveau, Wolcott fut désarçonné par cette attaque.

« Je vois. Tu te crois... spirituel, toi-même ? Eh bien, j'ai une grande nouvelle pour toi : tu vas pouvoir méditer tout ton soûl à fond de cale. »

Il fit claquer ses doigts et aussitôt, les deux jumeaux le traînèrent jusqu'à la poupe, avant de le jeter au bas d'un escalier.

Indy se retrouva dans un réduit pas plus grand qu'une cage à oiseaux. Et il eut la désagréable impression que tous ses os s'étaient brisés dans sa chute.

« Indiana, appela une voix familière dans la pénombre.

— Élyse ! s'écria Indy, soulagé. Tu vas bien ? »

La jeune fille approcha de lui à tâtons.

« J'étais si inquiète, répondit-elle.

— Ne t'en fais pas, fit Indy d'un ton qui se voulait rassurant. Tu vas t'en sortir. »

Élyse le corrigea aussitôt.

« Tu ne comprends pas, Indiana : je m'inquiétais à *ton* sujet. Figure-toi que je me trouvais dans une pièce voisine, là-haut dans la maison de Kourou, et que j'ai entendu tout ce qui se disait. Mais j'étais ligotée et bâillonnée, alors je n'ai pas pu te mettre en garde. Je suis si contente que tu t'en sois tiré !

— Ce n'est que provisoire, j'en ai peur, commenta Indy avec un pessimisme qui ne lui ressemblait guère.

— Tu penses qu'il va nous tuer ? » interrogea Élyse.

« Je doute qu'il ait envie de nous adopter ! » songea Indy.

« Je n'en sais rien », se contenta-t-il de répondre.

Durant le moment de silence qui s'ensuivit. Indy s'efforça de faire le point de la situation. Le plus rageant, c'est qu'il était passé tout près de ce qu'il désirait. Il avait démasqué Markos Kourou et découvert sa caverne d'Ali Baba. Avec un peu plus de temps, un peu plus de chance aussi, il aurait décroché la timbale. Ou plutôt la coupe.

L'heure n'était pas encore aux regrets. Il fallait agir, et vite.

« Élyse, j'ai un plan, finit-il par annoncer. Si

nous parvenons à sortir de ce trou à rats, je pense que nous devrions sauter... et nager jusqu'à la côte.

— Tu n'y songes pas, Indiana ! » s'exclama Élyse.

Cette réponse était pour le moins inattendue de la part d'une jeune personne si courageuse.

« Pourquoi me dis-tu ça ? interrogea Indy. Tu... ne sais pas nager ?

— Je ne nage pas très bien, admit-elle. Toutefois, là n'est pas la question. C'est impossible, de toute façon. L'eau est trop froide pour nager, en cette saison. »

Après avoir pesé le pour et le contre, Indiana finit par revenir à la charge.

« Tu as sans doute raison. Mais entre mourir d'une balle tirée par Wolcott ou tenter notre chance dans l'eau, avons-nous vraiment le choix ? »

Son amie ne répondit rien. L'air commençait à manquer dans leur petit réduit, et le bateau était de plus en plus secoué à mesure qu'il s'éloignait de la côte d'Égine. La combinaison du tangage et du roulis eut bientôt pour effet de donner le mal de mer aux deux prisonniers.

Aussi furent-ils plutôt contents de voir la trappe s'ouvrir au-dessus de leur tête. Rejetant sa longue chevelure en arrière, Kalitsa se pencha pour leur parler.

« Venez tous les deux, je vous prie. »

Elle s'était adressée à eux sur un ton amical.

« Nigel a pris une décision, mes pauvres chéris. »

Élyse posa une main sur le bras d'Indy, pour l'empêcher de se lever.

« Tu sais ce que ferait mon père ? demanda-t-elle. Il n'irait pas. Il dit toujours que les criminels n'ont pas de parole. Alors, rien ne sert de coopérer avec eux. »

Indy accueillit cette déclaration avec un sourire complice. Il n'en escalada pas moins les marches de bois.

« J'estime beaucoup ton père, répondit-il. Mais si j'ai l'air de ne pas coopérer, Wolcott va faire quelque chose qui ne me plaira pas du tout. »

Ses grands yeux noirs écarquillés, Élyse demanda innocemment :

« Quoi donc ?

— Il va se venger sur toi. »

Il se pencha vers elle pour lui glisser à l'oreille :

« Je sauterai dans l'eau le premier. Tu n'auras qu'à me suivre. Nous nagerons ensemble.

— Non, nous mourrons ensemble », répliqua Élyse, le menton relevé.

Dans un premier temps, ils furent éblouis par le soleil. Indy aperçut ensuite les jumeaux, Yannis et Théo, à la barre. Kalitsa avait gagné l'arrière du bateau, à l'écart des autres. Quant à Wolcott, il grignotait des olives et crachait les noyaux dans la mer.

Égine n'était déjà plus qu'un point à l'horizon, et on distinguait à peine Le Pirée.

« Vous ne pouvez pas vous échapper, vous savez ? commenta Wolcott en expulsant un noyau d'olive de sa bouche. Nous sommes trop loin de la côte pour que vous puissiez nager jusque-là.

— Ça ne me serait jamais venu à l'idée, mentit Indy. De surcroît, je ne peux pas vous quitter : vous ne m'avez pas encore donné de note. Je ne sais pas si j'ai réussi mon examen de passage...

— Ton examen de pass... ha ! ha !... ge ? s'esclaffa Wolcott. En voilà une drôle d'idée ! Tout ce que je sais, c'est que tu t'es retourné pour regarder derrière toi. Tu as commis la même erreur que ton ami Orphée. Alors, je ne peux pas te laisser vivre. »

Avant qu'Indy ait le temps de répondre, Élyse s'avança vers Wolcott et lui cracha au visage à deux reprises.

« Ça, c'est pour mon père, et ça, c'est pour moi ! hurla-t-elle. Maintenant, j'ai fait ce que je voulais. Vous pouvez disposer de moi à votre guise, monstrueux personnage ! »

Quelque peu décontenancé par cette attaque surprise, Wolcott s'essuya le visage à l'aide de son mouchoir de soie.

« Ma chère petite, je dois admettre que je ne serai pas mécontent de me débarrasser de toi. Yannis m'a demandé la permission de te régler ton compte personnellement. Je crois qu'il veut se faire pardonner d'avoir raté son coup avec ton père. »

Les mots transpercèrent Élyse comme une dague.

« Mais tout d'abord, reprit Wolcott, je vais devoir m'occuper d'Indiana.

— Oh, il n'y a pas le feu au lac ! » répondit le jeune garçon.

Avec un sourire moqueur, Wolcott mâchonna une olive, puis une autre.

« Dis-moi ce que tu penses de ma petite idée, mon garçon : Théo et Yannis vont t'enrouler dans des filets de pêche et te jeter par-dessus bord. Bien sûr, tu vas te débattre, pour essayer de te libérer. Mais tu ne feras que resserrer les mailles du filet autour de toi. Et lentement, tu te noieras. Ha ! Ha ! Ha ! »

Indy jeta un regard en direction de l'eau. Aussitôt, les paroles de la vieille prophétesse lui revinrent en mémoire : « Tu vas descendre... descendre... profondément... très profondément... dans les abysses du danger... et de la mort ! »

« Mais si tu préfères, reprit Wolcott, je pourrai demander à Théo de te mettre K.-O. d'abord. Comme ça, tu ne souffriras pas autant. C'est le moins que je puisse faire pour le fils d'un ancien d'Oxford... »

Cette fois, la dernière heure d'Indiana Jones J. était arrivée. Il se jura qu'à l'avenir... il prendrait plus au sérieux les prédictions des diseuses de bonne aventure.

15

Sauvés des eaux !

Wolcott fit signe aux deux jumeaux d'approcher.

« Finissons-en, si vous le voulez bien.

— Non, merci », lança Indy.

Et de s'élancer vers l'arrière du bateau. Mais Wolcott fut plus rapide. De sa canne, il fit trébucher le jeune garçon, qui s'étala de tout son long sur le pont. L'instant d'après, Théo l'attrapa par les jambes, cependant que Yannis le ceinturait.

« Un jumeau peut en cacher un autre... », commenta Indy, d'un ton sec.

Il eut beau faire des pieds et des mains, gigoter et gesticuler en tous sens, rien n'y fit.

Deux étaux l'enserraient.

« Arrêtez ! Mais arrêtez donc, espèce de fous ! » s'écria alors Élyse.

Personne n'avait prêté attention à elle. Aussi tout le monde fut-il surpris lorsqu'elle poussa

Wolcott de côté, avant de se précipiter vers le bastingage.

Une seconde plus tard, elle sautait dans la mer glacée.

Théo tourna la tête pour la regarder. Profitant de ce moment de distraction, le jeune aventurier assena de toutes ses forces un coup de genou dans la mâchoire de Yannis. Celui-ci poussa un cri de douleur et relâcha son étreinte, alors que l'intrépide Indiana plantait son coude dans l'estomac de Théo. Le souffle coupé, ce dernier laissa échapper sa proie.

Comme monté sur ressorts, Indy s'éjecta aussitôt par-dessus bord, avec une telle rapidité qu'il en perdit son chapeau bien-aimé. Pour l'heure, ce détail ne lui importait guère. Il avait retardé son passage au royaume des morts, et c'est tout ce qui comptait.

L'eau glacée produisit sur lui l'effet d'une immense claque, qui lui paralysa tout le corps. Il comprenait maintenant pourquoi Élyse l'avait découragé de chercher à nager. Nager ? Il aurait d'abord fallu qu'il puisse remuer un orteil dans cet océan de glace !

L'espace d'un instant, Indy se crut revenu deux ans en arrière, lorsque le *Titanic* avait fait naufrage dans l'Atlantique[1]. Certes, il n'apercevait pas d'icebergs autour de lui... mais il n'y avait pas non plus de canot de sauvetage. Et avant long-

1. Voir, dans la même collection, *Indiana Jones Jr sur le* Titanic.

temps, lui-même et la malheureuse Élyse couleraient corps et biens.

« Indiana ! » appela la jeune fille, avant de disparaître sous les flots.

« Il faut que j'aille la sauver », pensa Indy. Mais ses membres refusaient de lui obéir. A quoi avaient donc servi toutes ses leçons de natation ? Le garçon n'eut pas le temps de réfléchir davantage. Il entendit comme une explosion derrière lui.

Tout d'abord, Indy se refusa à accepter l'évidence. Non, c'était impossible ! Ce ne pouvait pas être...

« Yannis ? ! » s'exclama le jeune aventurier en se retournant. Pas de doute, c'était bien lui. « Petit canari, i grec, i », enchaîna le garçon en s'efforçant de nager la brasse le plus vite possible. C'est toujours ce que lui disait son professeur de natation. « Petit canari, i grec, i, petit canari, i grec, *iiiiiii ! ! ! ! !* »

Il venait de voir le Grec s'enfoncer dans les profondeurs glacées. A coup sûr, Yannis avait une idée en tête. Une idée qui n'enchantait pas Indy, mais alors pas du tout.

Le jeune Américain ne tarda pas à s'apercevoir qu'il avait vu juste : il sentit tout d'un coup deux mains lui agripper les jambes et l'entraîner vers le fond.

« Élyse, je cou... *glou... glou...* »

Puis plus rien.

La bouche et le nez remplis d'eau salée, au

bord de l'étouffement, Indy se débattait comme un fou furieux. L'étreinte de Yannis était semblable à celle d'une camisole de force.

N'avait-il donc pas besoin de respirer ? Combien de temps l'homme pouvait-il rester sous l'eau sans remonter à la surface ?

« Je parie qu'il était pêcheur d'éponges avant d'entrer au service de Wolcott ! » se dit le jeune garçon.

Le sang bouillonnait dans ses veines gonflées. A court d'oxygène, il martelait son front, ses tempes, ses oreilles. Indy ne tiendrait pas dix secondes de plus, pas même cinq, il fallait qu'il...

Comme par miracle, à l'instant même où il allait perdre connaissance, Indiana appliqua un coup de talon sur l'œil de Yannis. Bien qu'il doive ce résultat davantage à sa chance qu'à son agilité, les conséquences en furent les mêmes. Yannis lâcha prise et Indy remonta immédiatement à la surface.

Une fois de retour à l'air libre, il aspira de grandes bouffées d'oxygène, le temps pour Yannis de remonter lui aussi. Pendant un moment, une étrange trêve s'instaura entre eux, trêve qui ne dura point. Car dès qu'il eut repris des forces, Yannis se jeta de nouveau sur le jeune Américain et l'entraîna encore plus profondément dans les entrailles de la mer Égée.

Indiana Jones allait mourir lorsque, subitement, Yannis laissa échapper sa proie. Le garçon le vit disparaître dans un nuage de bulles d'air. Une expression d'horreur déformait son visage. Que s'était-il passé ?

C'est alors qu'Indiana Jones distingua une ennemie venue des profondeurs : une pieuvre géante, qui mesurait au moins deux mètres de long. Et elle se trouvait à quelques centimètres à peine au-dessous de lui !

Le temps qu'Indy prenne la décision de se propulser vers la surface, la pieuvre avait déployé un de ses tentacules garnis de ventouses et elle l'enroulait déjà autour de la taille du garçon.

« Oh non ! » songea Indy, en contemplant l'horrible créature avec des yeux exorbités.

Il en savait assez au sujet des pieuvres pour imaginer sans peine ce qui allait suivre. Ces monstres aquatiques ne se contentent pas d'étouffer leurs victimes : elles leur injectent un poison qui les paralyse.

Deux gros yeux globuleux se tordaient comme de la pâte à modeler au beau milieu du visage caoutchouteux de la pieuvre. Ses huit tentacules interminables ondulaient, semblables à de grosses algues.

Indy s'efforça de ne pas lutter contre l'animal, afin de ne pas l'énerver. Mais il avait besoin d'air.

Il ne pensait plus qu'à une chose, c'était ouvrir la bouche et respirer.

Or, la pieuvre l'entraînait vers le bas. Le monstre gluant enroula bientôt un autre tentacule autour de la cheville d'Indiana.

Parallèlement, la peau de la pieuvre avait viré au rouge vif.

« De deux choses l'une, rumina Indy : soit elle est en colère, soit elle a peur. Quoi qu'il en soit, elle va me mordre. »

Oh ! surprise, alors que les poumons d'Indy étaient sur le point d'exploser, la pieuvre lâcha prise ! Le jeune aventurier aperçut alors un éclair doré dans l'eau. Il provenait, lui sembla-t-il, de la croix en or que Yannis portait au cou. Oui, la pieuvre semblait attirée vers elle !

Des milliers de bulles se formèrent autour d'Indy avant que l'eau ne devienne d'un noir d'encre. Il parvint tout de même à distinguer les tentacules de la bête, qui s'enroulaient un à un autour de Yannis. L'instant d'après, le Grec ouvrit la bouche, semblant pousser un cri.

« Je ne peux pas l'aider, songea Indy. Je ne peux plus retenir ma respiration. » Et il se propulsa de toutes ses forces vers la surface.

De l'air ! De l'air ! C'est tout ce dont il avait besoin. Du bon air frais !

Après s'être laissé flotter un moment, ivre d'oxygène, il replongea pour essayer de sauver le malheureux Yannis. Mais il ne vit rien d'autre qu'un nuage d'encre noire. Le monstre et sa victime avaient sombré. Impuissant, Indy regagna de nouveau la surface, en bénissant les dieux de l'Olympe d'avoir échappé à ce massacre.

« Indiana ! Indiana ! »

Élyse, claquant des dents, les lèvres bleuies par le froid, avait quand même trouvé le moyen de sourire. Elle était coiffée d'un chapeau à larges bords qu'Indy reconnut immédiatement...

« Je... j'ai... j'avais p... peur que... qu'il n... ne me reste qu... que ce sou... souvenir de toi ! bégaya-t-elle tout en barbotant péniblement sur place.

— Content de vous revoir... tous les deux, plaisanta Indy, rejoignant son amie en quelques mouvements de brasse. Ne traînons pas dans ces parages. Wolcott risquerait de nous repérer. »

Le voilier de Kourou était déjà loin, cependant. Le criminel avait sans doute estimé que ni les deux jeunes gens ni Yannis ne survivraient à leur séjour prolongé en eaux troubles.

« Tu conviendras avec moi que nous n'avons pas d'autre solution que de nager jusqu'au Pirée », reprit Indy.

Avec un pauvre sourire, Élyse fit oui de la tête, avant d'effectuer quelques moulinets de ses bras tremblants. Malheureusement incapable de se mouvoir en avant, elle resta sur place.

« Petit canari, i grec, i, répéta Indy, sans enthousiasme. Petit canari, i grec, *Éliiiiiiise !* »

Ce cri strident fit bondir le cœur de la jeune fille. Succombant au froid et à l'épuisement, Indy était-il en train de se noyer ?

« Regarde là-bas, Élyse ! Un autre bateau. Un autre bateau ! Ohé, du bateau, ohé ! »

Sentant l'espoir renaître en lui, l'énergique adolescent se mit à gesticuler en direction de la petite embarcation qui se trouvait à une centaine de mètres des deux jeunes gens.

Le voilier vira de bord, et sa voile se gonfla de nouveau : le barreur avait mis le cap sur eux.

« Victoire ! Victoire ! s'époumona Indy. Nous sommes sauvés ! »

Pour un peu, il aurait dansé de joie sur les eaux. Et son bonheur ne fut que plus intense lorsqu'il reconnut le capitaine du bateau qui voguait à leur secours.

« Charon, c'est Charon ! » s'exclama-t-il, avant d'être secoué par une quinte de toux spectaculaire.

Orphée-Indy avait rempli son contrat, aussi le nocher des Enfers était-il revenu le chercher.

16

La coupe est pleine

Charon avait étendu deux couvertures bien chaudes sur les rescapés.

« Mais comment avez-vous su que nous avions besoin de vous ? demanda Indy, lorsqu'il fut revenu de sa surprise.

— J'ai aperçu ce colosse qui te suivait dans la rue, expliqua Charon. Ensuite, je t'ai vu remonter vers la maison de Kourou. Et comme tu ne revenais pas, je me suis dit que les choses avaient dû mal tourner. J'ai longé la côte et j'ai repéré le voilier. »

Encore tremblant, Indy se redressa pour regarder une dernière fois l'embarcation du criminel, qui rapetissait à vue d'œil.

« Il m'a dit que je ne reverrais jamais la coupe de Pietroasa, marmonna le jeune garçon entre ses dents. C'est sans doute parce qu'elle se trouve à bord... »

Charon posa sur lui ses yeux bien enfoncés dans leurs orbites.

« Tu ne dois pas penser au trésor que tu as perdu, mais à celui que tu as sauvé. »

Et il adressa un chaleureux sourire à Élyse, avant de reprendre la barre.

Il avait raison. Élyse était saine et sauve. Gelée et tout humide, mais en sécurité. Elle s'était blottie contre Indy, enveloppée dans sa couverture.

Après tout, oui, c'était le plus important. Cependant, en silence, Indy se jura qu'un jour — dans un mois, dans un an — il prendrait sa revanche. Nigel Wolcott n'avait pas fini d'entendre parler de lui.

Les derniers rayons du soleil resplendissaient sur la mer Égée lorsque le bateau de Charon accosta au Pirée. Indy et Élyse avaient repris des forces — par l'entremise d'un copieux sandwich aux olives et au jambon, que Charon avait miraculeusement sorti de sa manche.

Leur première préoccupation, une fois à terre, serait d'aller trouver Ari Naxakis. Mais Charon n'était pas encore disposé à les laisser partir.

« Attendez une seconde, mes amis. »

Et de disparaître dans son atelier.

Il en ressortit quelques instants plus tard avec une canne en acajou qui luisait comme un fruit bien mûr. Il plaça le pommeau en or dans la main d'Indy.

« Elle est magnifique », commenta Indy, stupéfait de la générosité du vieil homme.

Sur le pommeau avaient été gravés deux silhouettes : celle d'un homme, au premier plan, et celle d'une femme qui se tenait derrière lui.

« Qui est-ce ? » demanda Indy.

Avec un sourire complice, Charon répondit :

« Orphée et Eurydice. Je l'ai fabriquée il y a plusieurs années, mais je n'ai jamais pu me résoudre à la vendre. Maintenant, je sais pourquoi. »

Après avoir longuement remercié le vieil homme, les deux jeunes gens reprirent le chemin d'Athènes.

Lentement... et sûrement. Il fallut en effet plus d'une heure à l'âne qui tirait leur voiture pour parvenir à destination.

La voiture s'immobilisa d'abord devant le domicile de Wolcott, le premier sur le chemin. Indy irait chercher son père, et ensuite tous trois se rendraient chez Ari Naxakis. Les retrouvailles avec l'ancien policier ne manqueraient pas d'être musclées ! quant à l'interrogatoire du commissaire, ce serait une partie de plaisir...

Indy et Élyse se précipitèrent à l'intérieur de la maison de Wolcott, se dirigeant tout droit vers le salon. Là, ils trouvèrent le professeur Jones assis tranquillement sur une chaise, occupé à griffonner sur son bloc-notes.

« C'est toi, Junior ? » demanda-t-il en levant le nez avec surprise.

Avisant leurs vêtements humides, il se leva d'un bond.

« Tout va bien ? Mais où étiez-vous ? ? ?

— Nous avons effectué une petite visite aux Enfers, expliqua Indy, comme s'il s'agissait de la chose la plus naturelle au monde. Papa, je te présente Élyse, la fille de M. Naxakis. »

Le professeur Jones serra la main de la jeune inconnue avec empressement.

« Élyse a hâte de retrouver son père, reprit Indy. Nous sommes juste passés te voir pour vérifier que tu allais bien.

— Naxakis ? Mais il est ici ! s'exclama le professeur Jones. Dans le bureau. Il ne tenait plus en place, tant l'inquiétude le rongeait. Alors, je l'ai invité à venir lire un ouvrage consacré à l'archéologie. Comme je le dis toujours à Junior, rien de tel pour vous dét... »

Élyse avait déjà quitté la pièce, sous le regard ébahi du professeur.

Et lorsque Indy lui eut fait le compte rendu de leur journée, Henry Jones fut frappé d'abasourdissement. Toutefois, c'est en apprenant la véritable identité de Markos Kourou qu'il manqua de défaillir.

« Et il allait te jeter à la mer dans un filet ? ? ? Nigel Wolcott ? Mon *grand* ami Nigel Wolcott ! ! !

— C'est un moment merveilleux ! s'exclama alors Naxakis, qui venait de se propulser jusqu'au salon dans son fauteuil roulant. Nous devons célébrer ce jour mémorable ! Faire la tête !

— Faire la fête ? répéta Indy, médusé. Moi, j'ai plutôt envie de faire la tête. Vous oubliez que Wolcott a filé à l'anglaise... »

Naxakis secoua la tête.

« Peut-être bien, mais ma chère fille est de retour ! Et Kourou est grillé. Sans Nigel Wolcott pour lui servir d'alibi, il n'est plus qu'un vulgaire escroc. Et je ne pense pas qu'il ira au paradis... Crois-moi, mon garçon : la coupe va réapparaître. Un jour, tu la tiendras de nouveau entre tes mains.

— Un jour... », maugréa Indy avec dépit, avant d'ajouter : « Je la tiendrai entre mes mains ? Mais c'est bien sûr ! C'est ce que m'a dit Wolcott !

— Qu'est-ce qu'il t'a dit ? demanda Naxakis, surpris.

— Il voulait me donner un indice, mais je n'ai pas saisi où il voulait en venir. »

Naxakis frappa du poing sur le bras de son fauteuil. Visiblement, il était redevenu lui-même...

« Qu'est-ce qu'il t'a dit, nom d'une canne ?

— Il m'a dit que j'avais “mis la main dessus”, répondit Indy en regardant autour de lui. Or, le seul endroit où il aurait pu me voir toucher la coupe, c'est ici même, dans cette maison !

— Tu veux dire que la coupe se trouve en ces murs ? » risqua le professeur Jones, l'air ahuri.

Indy secoua la tête.

« Je n'en suis pas certain. Peut-être Wolcott l'a-t-il emportée avec lui. Qui sait ?

— Moi, je le sais, répondit alors fièrement Henry Jones. Je l'ai vu partir ce matin, soi-disant pour la bibliothèque, et il avait les mains vides. J'en suis sûr. »

Le rythme cardiaque d'Indy se mit à s'accélérer. Il baissa son chapeau et ferma les yeux. Ces visages qui le fixaient avec intensité l'empêchaient de se concentrer. Quelle coupe avait-il touchée ?

Soudain, il se rappela. Il se dirigea tout droit vers la salle à manger avant de s'immobiliser devant le buffet en érable.

« Elle est dedans ? » demanda Élyse.

Indy sortit une coupe du buffet et la regarda. Mais les espoirs du quatuor s'envolèrent aussitôt en fumée.

« Ce n'est pas ça, Junior », commenta amèrement le professeur Jones.

Il s'agissait en fait d'une coupe bleuâtre qui contenait des figues. Pourtant, en la soupesant, Indy crut reconnaître un objet qu'il avait déjà tenu en main. Pas dans la maison de Wolcott, mais au *British Museum* de Londres !

« Prends donc une figue, papa.

— Junior, as-tu complètement perdu la tête ? L'heure n'est pas à la gourmandise.

— Tu ne comprends pas, papa, insista Indy en retirant les figues à pleines poignées. Il faut que je vide cette coupe... pour que tu sois en mesure de gratter cette horrible peinture bleue ! »

Et d'annoncer triomphalement :

« Mademoiselle, messieurs, je vous présente la coupe de Pietroasa ! »

Et il avait vu juste.

Il fallut deux bonnes heures au professeur

Jones pour redonner vie au trésor antique, pour rendre à ses ors leur brillant.

« Est-ce que je peux la tenir, papa ? » demanda Indy, lorsque le professeur en eut terminé.

Indy examina de près les seize personnages qui figuraient sur la précieuse coupe.

Orphée était représenté à plusieurs endroits — une fois avec un corbeau sur l'épaule ! L'une des silhouettes était montée sur un horrible monstre marin — Pluton, sans doute, ou son frère Poséidon, le roi de la mer. La jeune épouse de Pluton, Perséphone, était également présente.

Indy ne pouvait pas y croire. Tous les événements survenus durant les deux derniers jours revivaient sous ses yeux.

Tous ces personnages étranges, il les avait rencontrés au détour de son aventure ! La déesse de la fortune et du hasard, qui touchait Orphée de sa baguette, n'était autre que la vieille prophétesse du Parthénon. Et les jumeaux Castor et Pollux, fils de Zeus, étaient bien Yannis et Théo ! Selon la légende, l'un d'eux était mortel alors que l'autre était un dieu. Mais lequel ? Indy ne s'en souvenait plus.

Yannis n'était peut-être pas mort dans les bras de la pieuvre, après tout.

« C'est hallucinant, conclut Indy. Tout ce qui est arrivé à Orphée m'est arrivé à moi aussi. En deux jours, je suis parvenu à revivre une légende de la Grèce antique !

— C'est tout bonnement... renversant, Junior, commenta le professeur Jones avant de se laisser tomber sur une chaise.

— La seule différence, reprit Indy, c'est que moi, j'ai réussi à sauver mon Eurydice ! »

Et il se tourna vers Élyse, avec un sourire empli de fierté.

« Tu n'as sauvé personne ! protesta la jeune fille.

— Hein ? s'exclama Indy, interloqué.

— N'oublie pas que je suis la fille d'Ari Naxakis, fit-elle remarquer, les mains sur les hanches. Alors, je n'ai besoin de personne. Je me sauve toute seule ! »

Le souffle coupé devant tant de mauvaise foi, Indy ne trouva rien à répondre. C'est le professeur Jones qui s'en chargea à sa place.

« *Gnôthi seauton*, déclara-t-il doctement en fixant le plafond. Ce qui signifie : connais-toi toi-même. Médite bien ce conseil, Junior. »

Cette remarque plutôt énigmatique jeta un froid dans la pièce.

A la réflexion, admit Indiana, son père avait peut-être raison. En revêtant, l'espace d'une journée, la peau d'un héros de l'Antiquité, il avait appris à mieux connaître ses limites, mais aussi le champ de ses possibilités. En relevant avec succès tous les défis qui lui avaient été jetés, Indy avait gagné en assurance.

Et c'était sans doute là sa plus belle victoire.

Qui ne risque rien n'a rien....

Table

IMPRIMÉ EN FRANCE PAR BRODARD ET TAUPIN
Usine de La Flèche, 72200.
Dépôt légal Imp : 1306 K-5 – Edit : 8663.
20-07-9256-02-7 – ISBN : 2-01-209256-X.
Loi nº 49-956 du 16 juillet 1949 sur les publications destinées à la jeunesse.
Dépôt : juin 1995.